Mentiras de mujeres

Liudmila Ulítskaya

Mentiras
de mujeres

Traducción de Marta Rebón

EDITORIAL ANAGRAMA
BARCELONA

Título de la edición original:
Skvoznaya liniya
Eksmo
Moscú, 2003

Ilustración: «Only to Taste the Warmth, the Light, the Wind», 1939,
© Olive Cotton

Primera edición: *enero 2010*
Segunda edición: *marzo 2024*

Diseño de la colección: Julio Vivas y Estudio A

© De la traducción, Marta Rebón, 2006, 2024

© Liudmila Ulítskaya, 2003
   Publicado por acuerdo con ELKOST Intl. Literary Agency

© EDITORIAL ANAGRAMA, S. A., 2024
   Pau Claris, 172
   08037 Barcelona

ISBN: 978-84-339-8129-5
Depósito legal: B. 15924-2022

Printed in Spain

Liberdúplex, S. L. U., ctra BV 2249, km 7,4 - Polígono Torrentfondo
08791 Sant Llorenç d'Hortons

PRÓLOGO

¿Se puede comparar la gran mentira masculina –estratégica, arquitectónica, tan antigua como la respuesta de Caín– con las encantadoras mentiras de las mujeres que no encierran ninguna intención, buena o mala, ni siquiera un atisbo de aprovechamiento? Fijémonos en un matrimonio regio, Ulises y Penélope. Su reino, la verdad, no es demasiado grande: una treintena de casas, un pueblo de tamaño mediano. Las cabras en un establo (ni hablar de gallinas, probablemente aún no se habían domesticado), la reina prepara queso y teje alfombras. Perdón, sudarios... Procede de buena familia. Su tío es rey y su prima es la mismísima Helena, por quien se desencadenó la guerra más encarnizada de la Antigüedad. Por cierto, Ulises también figuraba entre los pretendientes a la mano de Helena, pero, pícaro él, tras sopesar los pros y los contras se casó no con la más bella de las mujeres, no con la superestrella de moralidad dudosa, sino con Penélope, la hacendosa ama de casa que, hasta la vejez, aburrió a todo el mundo con su ostentosa fidelidad conyugal, pasada ya de moda para la época. Y eso mientras él, famoso por sus «ingeniosas invenciones», capaz de competir con los dioses en lo que a artimañas y perfidia se refiere (así lo atestigua la propia Palas Atenea), finge regresar a casa. Durante décadas surca el Mediterráneo robando reliquias sagradas y seduciendo a profetisas, a reinas y a sus doncellas; mítico embustero de aquellos tiempos antediluvianos en que la rueda, el remo y la rueca ya se habían inventado, pero no así la conciencia.

Al final, los propios dioses deciden favorecer su retorno a Ítaca porque, si no le prestan ayuda, puede que regrese a su pueblo por sus propios medios, desafiando al destino, y mancille así a los habitantes del Olimpo.

Entretanto, nuestra envejecida impostora de alma cándida deshace por la noche el trabajo que ha hecho durante el día, descolora con lágrimas sus ojos, tan brillantes en su juventud, aprieta contra sus pechos fláccidos y abandonados sus finos dedos, cuyas articulaciones ha deformado la artritis, y envía a paseo a los pretendientes, que hace tiempo solo se interesan por sus bienes materiales (que, aun si modestos, no dejan de ser regios) y en absoluto por sus encantos de antaño... Estúpida obstinación femenina. A decir verdad, ni siquiera sabe mentir. Se descubre su estrategia. De un momento a otro podrían ultrajar a esa anciana respetable dándola en matrimonio al más codicioso de sus pretendientes.

Al final Ulises consiguió todo lo que deseaba: se introdujo en la cultura de la humanidad como en otro tiempo lo hizo en el caballo de Troya, dejó su huella por todos los mares, diseminó su semilla en un sinfín de islas y plantó a todo el mundo para regresar en el momento oportuno a sus obligaciones de rey en su querida patria. Engañó a todos aquellos que el destino puso en su camino, salvo al propio destino: un buen día de otoño atracó en la orilla de Ítaca un joven héroe en busca del padre que le había aban-.

donado y, por error, hirió de muerte a su progenitor, sin dejar más que un pequeño intersticio entre la vida y la muerte para la explicación final. Es una de las variantes del mito de Ulises... Pero pese a ese fracaso final decidido de antemano y que ninguno de los mortales puede esquivar, Ulises ha pasado a la posteridad como héroe milenario en cuanto gran mentiroso, aventurero y seductor... ¡Qué habilidoso era en el arte del engaño! ¡Se anticipaba al curso del pensamiento ajeno con el fin de adelantar, rodear, atrapar, tender trampas y vencer a sus adversarios! Incluso la hechicera Circe cayó en su trampa... Ulises ha perdurado en la memoria como gran arquitecto y constructor de astutas mentiras...

Penélope se quedó sin nada. Siguió entregada a sus labores ante su telar multiuso, tejiendo y destejiendo; sus mentiras, igual que su costura, eran dúctiles y evasivas... A pesar de sus vanos esfuerzos a lo largo de tantos años, no llegó a ocupar un lugar tan importante como el de su marido o el de su prima.

Carecía de cierta cualidad femenina: el arte de la mentira. Ahora bien, la mentira de las mujeres –a diferencia de la de los hombres, que es pragmática– es un tema apasionante. Las mujeres lo hacen todo de otra manera: piensan, sienten, sufren... y mienten de forma diferente.

¡Santo cielo, y cómo mienten! Por descontado, hablamos solo de aquellas que, a diferencia de Penélope, están dotadas de ese don... De pasada, por descuido, sin causa ni motivo, con ardor, de improviso, poco a poco, sin orden ni concierto, a la desesperada, sin ningún motivo... Las que están dotadas para el engaño mienten desde la primera hasta la última palabra que pronuncian. Y cuánto encanto, talento, ingenuidad y audacia, inspiración creativa y brillantez. Ni atisbo de cálculo, interés o maquinación... Es solo

9

una canción, un cuento, un enigma. Pero un enigma sin respuesta. La mentira femenina es un fenómeno natural, como los abedules, la leche o los abejorros.

Toda mentira, como las enfermedades, posee su etiología. Puede ser congénita o no. Poco común como el cáncer de corazón o tan extendida como la varicela. Luego está la que presenta las características de una enfermedad epidémica. Una clase de mentira social que de repente contagia a casi todos los miembros de un colectivo femenino, en un jardín de infancia, en un salón de belleza o en cualquier otra institución donde la mayoría de empleados sean mujeres.

He aquí un breve estudio, presentado en forma literaria, sobre este problema, sin aspirar a resolverlo por completo o siquiera parcialmente.

DIANA

El niño parecía un erizo, con su hirsuto y oscuro pelo de punta, su curiosa nariz alargada, que se estrechaba hacia el extremo, y sus maneras graciosas de animalito independiente que husmea sin cesar por los rincones y es inaccesible a las caricias y al contacto, no digamos ya a los besos maternos. Pero su madre, a juzgar por las apariencias, también era de la raza de los erizos: no lo tocaba, ni siquiera le daba la mano por el sendero abrupto cuando subían de la playa a la casa. Él escalaba la pendiente delante de ella, y ella le seguía despacio, dejando que se agarrara por sí solo a las matas de hierba, que se levantara, se cayera y volviera a enfilar el camino hacia la casa, evitando el recodo suave de la carretera por donde iban los veraneantes normales. Aún no había cumplido los tres años, pero su carácter era tan marcado e independiente que la madre incluso olvidaba a veces que casi era un bebé y le trataba como a un hombre adulto, contando de antemano con su ayuda y protección. Después caía en la cuenta y, poniéndoselo en el regazo, le hacía saltar mientras cantaba: «Caballito blanco, llévame de aquí...», y él se echaba a reír, hundiéndose entre sus rodillas, sobre el dobladillo tenso de su falda.

11

—Sasha, Sasha, cómete la *kasha* –le decía para burlarse de él.

—Mami, mami, cómete el salami –replicaba él, contento.

Así llevaban una semana entera, viviendo los dos solos en la casa grande, ocupando la más pequeña de las habitaciones, mientras todas las demás, a la espera de sus inquilinos, se limpiaban a conciencia, listas para que las habitaran. Era mediados de mayo, la temporada no había hecho más que comenzar, hacía un poco de frío, así que no era época de baño, pero la vegetación del sur no había perdido su gracia ni sus colores, y las mañanas eran tan claras y límpidas que, desde el primer día, cuando Zhenia se despertó al alba por casualidad, ya no se había perdido ni un solo amanecer: un espectáculo cotidiano cuya existencia había ignorado hasta entonces. Los dos llevaban una vida tan armoniosa y apacible que Zhenia comenzó a dudar de los diagnósticos que los psiquiatras infantiles habían emitido sobre su turbulento y revoltoso hijo. No armaba escándalos, tampoco le cogían berrinches, incluso habría podido llamarle obediente si Zhenia hubiese tenido una idea exacta de qué significaba en general la palabra «obediencia».

Al cabo de una semana, a la hora de comer, un taxi se detuvo frente a la casa y de él surgió una multitud: primero el conductor, que sacó del maletero un extraño aparato metálico de uso desconocido; después, una hermosa mujer alta y pelirroja, con una melena leonina; luego, una viejecita encorvada, a quien enseguida instalaron en el artilugio montado a partir del aparato plano; más tarde, un niño mayor que Sasha; y, finalmente, la propietaria de la casa en persona, Dora Surénovna, maquillada como para ir a una fiesta y más agitada que de costumbre.

La casa estaba situada en la pendiente de una colina, colocada de través, torcida con respecto a todo lo demás.

La carretera asfaltada pasaba por debajo; otra, una carretera de tierra, llena de baches, dominaba la finca; y, al lado, venía a sumarse todavía otro sendero: el camino más corto hacia el mar. Pero la parcela de la finca estaba maravillosamente organizada. Había en el centro una mesa grande rodeada por todos lados de árboles frutales, y dos casas, la una frente a la otra, con ducha, lavabo y cobertizo, todo dispuesto en círculo, como en un decorado de teatro. Zhenia y Sasha estaban sentados en un extremo de la mesa comiendo macarrones, pero, en cuanto aquel tropel inundó el patio redondo, perdieron de inmediato el apetito.

—¡Hola, hola! —La pelirroja lanzó su maleta y su bolsa y se dejó caer en el banco—. ¡Nunca os había visto por aquí!

Y de repente todo encajó: la pelirroja estaba allí en su casa; ella era la primera actriz mientras que Zhenia y Sasha eran novatos, personajes secundarios.

—Es la primera vez que venimos —dijo Zhenia, casi como si se disculpara.

—Siempre hay una primera vez para todo —respondió filosóficamente la pelirroja, y se dirigió a la habitación grande con terraza a la que Zhenia había echado el ojo al principio, pero la propietaria se negó categóricamente.

El taxista empujó hacia el jardín a la viejecita dentro de su jaula. Ella emitía débiles gorjeos en una lengua extranjera, según le pareció a Zhenia.

Sasha se levantó de la mesa y se alejó con aire digno y desenvuelto. Zhenia recogió los platos y los llevó a la cocina: después de todo sería inevitable que se conocieran. La aparición de aquella pelirroja transformó por completo el paisaje estival.

El niño, rubio, con una nariz respingona y un cráneo increíblemente estrecho, se dirigió a la pelirroja en una lengua que, esta vez, seguro que era inglés, pero Zhenia no comprendió las palabras. En cambio, la madre pelirroja replicó de modo tajante:

–*Shut up, Donald!*

Hasta ese momento Zhenia no había visto nunca a un inglés. Y resultó que la pelirroja y su familia eran genuinos ingleses.

Las dos mujeres se conocerían realmente un poco después, a una hora que los meridionales todavía consideran la tarde, cuando ya habían acostado a los niños y los platos de la cena ya estaban fregados. Zhenia, después de haber cubierto la lámpara de mesa con un chal para no perturbar el sueño de Sasha, leía *Anna Karénina*, y comparaba ciertos episodios de su vida personal hecha añicos con el drama auténtico de una mujer auténtica, con aquellos rizos que le caían sobre el cuello blanco, sus hombros femeninos, los volantes de su bata y un bolsito bordado de color rojo entre sus dedos de pianista.

Zhenia no se habría atrevido a asomarse por la terraza iluminada para ir a ver a su nueva vecina, pero ella sí que llamó a su ventana con sus duras uñas lacadas, y Zhenia salió ya en pijama y con un jersey por encima porque por las noches refrescaba.

–¿Sabes lo que he hecho al pasar por delante del Gastronom del Partido? –preguntó la pelirroja con un aire severo. Zhenia guardó un silencio estúpido porque no se le ocurría nada ingenioso–. He comprado dos botellas de oporto de Crimea, eso es lo que he hecho. Tal vez no te guste el oporto, ¿prefieres el jerez? ¡Vamos!

Y, dejando a un lado a Anna Karénina, Zhenia, como hechizada, siguió a aquella espléndida mujer, envuelta en una especie de poncho o de manta deshilachada de cuadros verdes y rojos...

14

En la terraza todo estaba patas arriba. La maleta y la bolsa estaban deshechas, y era asombrosa la cantidad de prendas multicolores y alegres que habían cabido dentro: las tres sillas, la cama de campaña y la mitad de la mesa estaban completamente cubiertas. La madre estaba sentada en una silla plegable, con su carita blanquecina ladeada, donde una sonrisa obsequiosa llevaba mucho tiempo olvidada.

La pelirroja, sin quitarse el cigarrillo de los labios, sirvió oporto en tres vasos, un poco menos en el último, que puso en las manos de su madre.

–A mamá puedes llamarla Siuzanna Yákovlevna, pero también puedes ahorrártelo. No entiende ni una palabra de ruso, lo hablaba un poco antes del ictus, pero después lo olvidó todo. El inglés también. Solo se acuerda del holandés. La lengua de su infancia. Es un verdadero ángel, pero no tiene nada en el cerebro. Toma, *granny* Suzi, bebe...

Con un movimiento cariñoso, la pelirroja le dio el vaso, y ella lo cogió entre las dos manos. Con interés. Daba la impresión de que no lo había olvidado todo, ni mucho menos...

La primera velada estuvo consagrada a la historia familiar de la pelirroja. Una historia deslumbrante. El ángel sin cerebro de origen holandés había tenido una juventud comunista, había unido su destino al de un súbdito del Reino Unido de sangre irlandesa, oficial del ejército británico y espía soviético, que había sido capturado, condenado a muerte, canjeado por algo de igual valor y exportado a la patria del proletariado mundial...

Zhenia era todo oídos y no se dio cuenta de que estaba bebiendo más de la cuenta. La vieja mujer roncaba ligeramente en su silla, después se le escapó un pequeño chorro.

Irene Leary (¡menudo nombre!) levantó los brazos al cielo.

–Me he relajado un momento y me he olvidado de sentarla en el orinal. Bueno, ahora ya no importa...

Todavía durante una hora continuó desgranando aquella historia familiar suya, una historia digna de envidia, y Zhenia se sentía cada vez más ebria, pero ya no por culpa del oporto, que habían apurado hasta la última gota, sino a causa de la admiración y del entusiasmo que le inspiraba su nueva conocida.

Se separaron hacia las dos de la madrugada, después de haber cambiado y lavado un poco a Suzi, a la que habían arrancado de su sueño y no comprendía nada en absoluto.

El día siguiente fue ajetreado y ruidoso. Por la mañana, Zhenia preparó el desayuno, sirvió gachas de avena a todo el mundo y luego llevó a los dos niños a dar un paseo. Donald, el niño inglés, cuya genealogía, a pesar de haber nacido en Rusia, era igual de abrumadora (su abuelo por parte de padre era un espía aún más famoso, también él capturado e intercambiado por algo de más valor todavía respecto al abuelo materno) resultó ser un niño excepcionalmente bueno; amable, bien educado y algo que suscitó la simpatía de Zhenia hacia él no menos que hacia su pelirroja madre: había tratado inmediatamente al inquieto y travieso Sasha con generosidad y condescendencia, como un hermano mayor trataría a su hermano pequeño. En efecto, él era mayor; ya había cumplido los cinco años. Enseguida dio muestras de una nobleza propia de un adulto: cedió sin tardar a Sasha un cochecito sofisticado, le enseñó cómo se abría el capó y, cuando llegaron al quiosco del agua delante del cual Sasha siempre se ponía a lloriquear y donde Zhenia solía comprarle un refresco en un vaso turbio, el niño de cinco años rechazó el vaso que le ofrecían y dijo:

–Tú primero. Yo beberé después.

¡Era un auténtico Lord Fauntleroy! Cuando Zhenia llegó a casa, Irene estaba sentada en la mesa del patio con la casera. A juzgar por lo servicial que se mostraba la altiva Dora con la nueva inquilina, era obvio que la tenían en muy alta estima. Se ofreció a todos una sopa de cordero, caliente y sazonada con pimienta. El niño inglés comía despacio y con unos modales impecables. Ante Sasha había un cuenco, y Zhenia se preparaba ya para calmar en voz baja a su hijo, que era muy remilgado con la comida: solo comía puré de patata con croquetas de carne, pasta y gachas de avena con leche condensada. Y nada más. Nunca.

Sin embargo, Sasha miró al pequeño Lord Fauntleroy y hundió la cuchara en la sopa. Y por primera vez en su vida comió un alimento que no estaba incluido en su lista...

Después de comer, los niños fueron a dormir la siesta y las mujeres se quedaron sentadas a la mesa. Dora e Irene recordaban la temporada pasada, hablaban animadamente sobre desconocidos y viejas historias de veraneantes. Suzi estaba sentada en su silla, con una sonrisa tan inmutable e incongruente como el lunar marrón entre su nariz y su boca. Zhenia se quedó allí un rato, tomó una taza del excelente café de Dora y se retiró a su habitación. Se acostó al lado de Sasha con la intención de sumirse de nuevo en la lectura de *Anna Karénina*. Pero era casi una indecencia y algo inoportuno leer durante el día, así que dejó a un lado aquel libro decrépito y se adormiló, imaginándose en su ensoñación que aquella noche la pasaría en la terraza a solas con Irene, sin Dora... Beberían oporto. Qué bien se lo pasarían... Y desde muy arriba, como desde lo alto de una nube, cayó en la cuenta de que hacía dos días, justo desde que había llegado la pelirroja Irene, que no se había acordado ni una sola vez de la repugnante asquerosidad de la vida, que también podía definirse como un desastre, ese reseco

17

cangrejo de un marrón negruzco que la chupaba desde dentro... Oh, ¡al diablo! Después de todo, no era tan interesante aquel amor-para-toda-la-vida. Y se sumergió en el más profundo de los sueños...

Cuando se despertó, todavía flotaba en una nube porque de alguna parte le llegaba una alegría que no sentía hacía mucho tiempo. Despertó a Sasha, le puso el pantalón y las sandalias y se fueron a dar una vuelta por la ciudad, donde había un tiovivo que a Sasha le encantaba, y enfrente del cual se hallaba el Gastronom del Partido.

«¿Por qué "del Partido"? Tengo que preguntárselo a Irene», pensó Zhenia.

Dos botellas de oporto. Ese año el vino era excelente. Gorbachov todavía no había lanzado su campaña contra el alcoholismo, y los sovjoses, los koljoses y algunos viejecitos por su cuenta producían vino de Crimea: secos, semisecos, con cuerpo, de Massandra y de Novi Svet, mediocres y de gran valor... En cambio no había azúcar, ni mantequilla, ni leche. Pero eso se olvidaba como un detalle insustancial. Porque la vida misma era muy sustancial.

Pasaron de nuevo la velada bebiendo oporto en la terraza. Solo que acostaron más pronto a la anciana. Ella no puso ningún reparo. En general, se limitaba a asentir, a dar las gracias en una lengua desconocida y a sonreír. De vez en cuando gritaba: «¡Irene!», y cuando su hija llegaba, sonreía con aire confundido, porque ya había olvidado para qué la había llamado.

Irene estaba sentada con los codos apoyados en la mesa y la mejilla sobre la palma de la mano. Tenía cogido el vaso con la mano derecha. Los naipes estaban esparcidos por la mesa, vestigios de un solitario que había quedado sin terminar.

18

–Hace más de un mes y no ha pasado nada. Hay algo que no encaja... Zhenia, ¿a ti te gustan las cartas?

–¿A qué te refieres? De niña jugaba al burro con mi abuelo en la dacha... –respondió Zhenia, sorprendida por la pregunta.

–Quizás sea mejor así... A mí, en cambio, me gustan. Me gusta jugar y tirar las cartas... Cuando tenía diecisiete años, una pitonisa me leyó el futuro. Debería olvidarlo... Pero no lo he olvidado. Y todo ha ocurrido como si se tratara de un guión, tal como ella había dicho. –Irene cogió algunos naipes, acarició los dorsos abigarrados, y los lanzó sobre la mesa boca arriba. Encima de todo quedó el nueve de tréboles–. No lo soporto y siempre me persigue. ¡Largo de aquí! Me da ardores de estómago...

Zhenia reflexionó un instante y preguntó:

–¿Quieres decir que siempre sabes cómo termina todo? ¿No es aburrido?

Irene arqueó una ceja amarilla.

–¿Aburrido? Pero, bueno, tú no entiendes nada... ¡Qué va! No es nada aburrido... Si yo te contara...

Irene sirvió lo que quedaba de la primera botella en los vasos, se bebió el suyo y después lo apartó.

–Zhenia, ya debes de haberte dado cuenta de que soy una charlatana, ¿no? Lo cuento todo de mí. No sé guardar un secreto. Tampoco los de los demás, tenlo en cuenta: estás avisada por si acaso. Pero hay una cosa que nunca le he contado a nadie. Tú serás la primera. No sé por qué, pero de repente he tenido el impulso de...

Soltó una risita, se encogió de hombros y añadió:

–A mí misma me sorprende.

Zhenia también se acodó en la mesa y posó la mejilla sobre la palma de su mano. Estaban una frente a la otra, mirándose fijamente con aire pensativo y absorto, como ante un espejo... Zhenia también estaba sorprendida de que Irene la hubiese elegido así, de golpe y porrazo, para hacerle confidencias. Y se sentía halagada.

–Mi madre era una belleza, la viva imagen de Dina Durbin, si eso te dice algo. Y siempre fue una idiota. Bueno, no una idiota, más bien lenta de entendederas. La quiero mucho. Solo que siempre ha tenido la cabeza hecha un lío: por un lado es comunista, por otro, luterana y en tercer lugar, admiradora del marqués de Sade. Siempre estaba dispuesta a dar todo lo que tenía de inmediato, sin pensárselo dos veces, pero de repente también podía montarle una escena a mi padre porque necesitaba con urgencia aquel traje de baño que se había comprado en los años treinta en el bulevar Saint-Michel, en la esquina que está más cerca de los Jardines de Luxemburgo... Cuando mi padre murió, yo tenía dieciséis años y nos quedamos las dos solas. Tengo que hacer justicia a mi padre, no sé cómo se las arregló para salir adelante dado que las circunstancias de sus vidas fueron increíblemente difíciles. Ella demostraba una ineptitud total, absolutamente triunfante; no pudo trabajar ni un día de su vida porque, a pesar de sus dos lenguas maternas, inglés y holandés, no fue capaz de aprender ruso. ¡En cuarenta años! Mi padre trabajaba en la radio, la habrían podido contratar. Pero incluso allí, donde en principio no era necesario el ruso, como mínimo hacía falta saber decir «Buenos días» o leer el cartel de «Silencio. Se graba». Ella era incapaz. Cuando mi padre murió, me puse a trabajar enseguida. No tengo estudios, pero soy una mecanógrafa excelente, sé teclear en tres idiomas...

»Bueno, volviendo a lo de la profecía. Tenía una vieja amiga, una inglesa, que se había quedado atrapada en Rusia desde los años veinte. Hay una pequeña colonia de ingleses rusos. Yo, por supuesto, los conozco a todos. Son comunistas o ingenieros que permanecieron en Rusia por alguna razón, incluso en los tiempos de la Nueva Política Económica. Bueno, la tal Anna Kork se quedó por amor. A su hombre lo fusilaron, pero ella tuvo mejor suerte: sobrevivió. Purgó sus años en un campo, por supuesto, y perdió una pierna. Apenas salía de casa. Daba clases de inglés. Y tiraba las cartas. Por echar la fortuna, no cobraba. Solo aceptaba regalos. Me enseñó algunas cosas, yo también la ayudaba...

»Un día que estaba yo en su casa, fue a verla una mujer bellísima, la esposa de un general o de un alto funcionario del Partido: tal vez no pudiera tener hijos o tal vez hubiera ido a pedirle consejo para saber si tenía que adoptar uno, no estoy segura. Y Anna se puso a hablarle a su manera, en no sé qué demonios de lengua, con un acento muy marcado. Hablaba ruso tan bien como tú y como yo, créeme, después de ocho años en un campo... Pero cuando lo creía oportuno, ponía ese acento... Y si la hubieras oído soltar palabrotas. ¡El Teatro del Arte se queda corto a su lado! Y, en definitiva, a aquella belleza no le decía ni que sí ni que no, solo palabras ambiguas y sinuosas, como acostumbran a hacer las adivinas: tendría un hijo, o tal vez no, pero era mejor que no...

»Y después, de repente, se volvió hacia mí y me dijo: "Tú comenzarás por el quinto, ¡no lo olvides! Por el quinto...".

»¿Qué es lo que comenzaría por el quinto? ¡Qué disparate! Pero a su debido momento lo recordé...

Irene hundió de nuevo la barbilla en la palma de la mano. Se quedó pensativa. Sus ojos tenían un leve brillo animal, como el de los gatos. Entrañable, tierno, sutilmente inquieto.

Zhenia tenía amigas, con ellas había estudiado en la universidad, mantenía conversaciones sobre temas importantes y de gran enjundia, sobre arte y literatura o sobre el sentido de la vida. Había defendido una tesis sobre los poetas modernistas rusos de principios de siglo, y con un tema muy refinado para la época: las resonancias poéticas entre los poetas de las corrientes modernistas y los simbolistas de la década de 1910. Zhenia había tenido una suerte extraordinaria; su directora de tesis era una mujer de edad avanzada que, con ese periodo de la literatura, se sentía tan a gusto como en su casa. La profesora Anna Veniamínovna, adorada por los estudiantes y sobre todo por las estudiantes, conocía a todos esos poetas no de oídas, sino personalmente: había sido casi amiga de Ajmátova, había tomado el té con Mayakovski y Lily Brik, había oído a Mandelstam recitar sus poemas e incluso se acordaba de haber visto a Kuzmin en carne y hueso... Junto a Anna Veniamínovna, Zhenia había conocido a personajes relevantes, frecuentaba a intelectuales humanistas y aspiraba a convertirse con el tiempo también ella en un personaje importante. Para ser francos, nunca había oído tantas sandeces como aquella noche. Y sin embargo lo extraño era que aquellas trivialidades parecían encerrar algo importante, sustancial y muy vital. Quién sabe, ¿tal vez era el tan manido sentido de la vida?

Además de saborear la exquisita embriaguez del oporto, del silencio y de la oscuridad del exterior, donde entre las hojas de una gran higuera se estremecía la mancha de luz de la farola, Zhenia gozaba de la sensación (que ella intuía provisional) de desembarazarse de la inquietud de no haber resuelto importantes problemas personales (pero ¿de verdad eran tan importantes?).

Irene barrió las cartas de la mesa con la mano: algunas cayeron al suelo, otras sobre una silla...

–Suzi se pasaba de la mañana a la noche acostada en el sofá con un libro, chupando caramelos. Ahora comprendo que tenía una depresión, pero entonces lo único que veía es que se estaba convirtiendo en mi bebé, en mi bebé. Imagínatelo, ¡eso fue antes de la apoplejía! No le daba de comer con la cuchara, por supuesto, pero si no le servía la sopa en el plato podía pasarse tres días sin comer... Entonces decidí que debía tener un niño urgentemente, mi propio hijo, uno de verdad, porque no me apetecía transformarme en la madre de mi propia madre. Al menos así se convertiría en abuela, pasearía el cochecito... Me casé a toda prisa, con el primero que llegó. Un chico de mi escalera. Guapo y un auténtico cretino. Me quedé embarazada y durante nueve meses enseñé mi barriga con orgullo, como si se tratara de una medalla. Hablan de náuseas, malestar, presión arterial... ¿Qué más tienen las mujeres encintas? Pues bien, yo no sentí nada de eso. Dejé la máquina de escribir justo para ir a dar a luz. No había tenido tiempo de acabar de teclearlo todo, de entregar el trabajo. Me dije: «Bueno, daré a luz a toda prisa y después, con el niño, ya lo acabaré». Me quedaban dos días de trabajo... Pero no resultó así. El cordón umbilical se enredó. Mi niño se moría. La comadrona era joven, la médico era una perfecta cretina... No hicieron nada por él. Solo habría hecho falta una vieja partera. Pero yo tenía dieciocho años, era una pobre tonta. Ve llevando la cuenta: murió mi primogénito, David, como quería llamarlo en memoria de mi padre. Todo me desbordaba: la leche, las lágrimas...

Irene miró a Zhenia entornando los ojos, como si se estuviese preguntando si debía continuar.

–A Sasha también se le enredó el cordón umbilical –dijo Zhenia con la voz sorda y agitada. Sabía que para un bebé aquello era muy peligroso, pero era la primera vez que veía a una madre que había perdido al suyo a causa de ese nudo idiota, una madre que había servido lealmente a su niño durante nueve meses y al final lo había estrangulado...

–Al cabo de dos meses volví a quedarme embarazada. ¡Menuda soy yo! Cuando quiero algo remuevo cielo y tierra hasta que lo consigo. De nuevo llevé adelante el embarazo. Esta vez no fue un camino de rosas: tenía náuseas, hinchazones, estaba entumecida... Pero nada, yo estaba llena de fuerza. Mi marido, pobre imbécil, trabajaba como mecánico en un garaje. Ya te lo he dicho, me casé con el primero que llegó. Todo lo que ganaba se lo bebía. Era clavadito a Alain Delon, pero más alto. Yo me pasaba el tiempo delante de la máquina de escribir, aporreando las teclas a conciencia, y no me iba nada mal. Para los caramelos de Suzi, me llegaba y bastaba. La primera vez estaba segura de que era niño. Esta vez había planificado una niña. Mi vientre crecía, pero yo disfrutaba de ser una mujer: en cuanto ganaba algo de dinero me lo fundía en una tienda infantil. Peúcos, camisitas, leotardos... Todo prendas de fabricación soviética, feas, vulgares. Yo crecí como una niña de la calle, me subía a las vallas... A mis padres al principio les asignaron la residencia en la ciudad de Volzhsk bajo un nombre falso. Mi verdadero apellido no lo supe hasta los diez años. Suprimieron el régimen de secretismo a mis padres, y la hermana de mi madre nos envió el primer paquete. Dentro había una muñeca. Yo no soportaba las muñecas; ni siquiera quería ser una niña. Gritaba cuando me obligaban a ponerme falda. Y cuando comenzó a crecerme el pecho, por poco no me ahorco. –Irene enderezó los hombros y su opulento pecho femenino se bamboleó desde el cuello hasta la cintura.

Zhenia la miraba con un punto de envidia: ella sí que

tenía una historia personal. Sí, y era obvio que Irene era consciente de su importancia.

–Mi hija fue preciosa desde el primer segundo. No parecía un recién nacido, nada de mocos, rojeces o asperezas. Los ojos azules, el pelo largo y negro. Eso le venía del mecánico. En cuanto a las facciones, era mi vivo retrato. La nariz, la barbilla, el óvalo de la cara...

Zhenia tuvo la impresión de que veía a Irene por primera vez: por su rubicundez resplandeciente uno no se daba cuenta enseguida de que era bella. La forma ovalada de la cara, la nariz, la barbilla... E incluso los dientes; hay quien los tiene de caballo, pero los suyos eran dientes ingleses, largos, blancos, ligeramente sobresalientes, lo suficiente para que los labios se le levantaran, como ofreciéndose, a la espera.

–Desde que la vi, supe al instante que se llamaba Diana. De ninguna otra manera. Era pequeña, muy bien proporcionada, una figura femenina con las piernas largas. Y con un culito respingón. ¡Era la niña más bonita del mundo! Y no es pasión de madre... Todos se quedaban maravillados al verla. Al mecánico, lo puse de patitas en la calle tres días después de salir de la maternidad. Era un insulto para mis ojos. La primera vez que él la tomó en sus brazos, lo tuve claro: era preciso que Diana tuviera otro padre. Aquello no tenía nada que ver conmigo. Yo todavía no era una mujer. Con el mecánico había sido un fiasco, pero yo ni siquiera lo comprendía. Cuando la tomó en sus brazos, vi qué clase de bestia era. Era mi hija la que me lo mostraba. Ella era inteligente y tranquila. En la vida he visto a una mujer como ella, ¡no bromeo! Sabía exactamente cómo comportarse con cada persona y lo que podía esperar de cada cual. Figúratelo, estaba llena de indulgencia hacia Suzi. Si la dejaba con su abuela, no lloraba. Comprendía que no serviría para nada. Cuando tenía cuatro meses, comencé a leerle libros. Si le gustaba decía: «Sí-sí-sí». Si no le gustaba: «No-no-no». Con seis meses, lo comprendía todo, literalmente todo, y a los diez meses comenzó a hablar. Balbuceó durante un mes, y después dijo: «Mamá, vuela una mosca». Y era verdad, había una mosca...

»Le di el pecho durante mucho tiempo, la leche no se me iba y a ella le gustaba. Se apretaba contra mí, mamaba y después me acariciaba el pecho con la mano y me decía: "Gracias". Después pesqué la gripe. La fiebre me subió a más de cuarenta, estaba molida. Ya no podía darle el pecho. Vinieron corriendo todas mis amigas, daban de comer a Diana kéfir y gachas. Tenía casi un año. Quería venir conmigo, pero no se lo permitían, para que no se contagiara. Me gritaba desde su habitación: "¡Mamá, no lo entiendo!". Suzi también cayó enferma. Era una gripe tan contagiosa que todas mis amigas, una tras otra, la pillaron. No me acuerdo de nada.

Irene se tapó los ojos con las manos, como para protegerse de una luz intensa. Los cabellos le cubrían casi toda la cara. Zhenia sabía que algo terrible iba a ocurrir ahora, que ya había ocurrido entonces... Aun así, todavía albergaba alguna esperanza.

–Después me levanté y me acerqué a Diana: ardía –siguió contando Irene, y Zhenia notó que la nariz y los pálidos párpados de la inglesa se habían enrojecido–. Llamé al médico. Enseguida le suministró antibióticos. Después de dos inyecciones, Diana tuvo una reacción alérgica. Estaba llena de puntitos rojos. Bueno, era mi hija. Yo soy alérgica también. Le prescribieron el mismo medicamento que a mí. Pero en una dosis veinte veces menor. Yo cada vez estaba peor. Tenía cuarenta de fiebre y por momentos sentía que estaba flotando. Me recuperaba: le daba kéfir a Diana,

26

le daba kéfir a mamá. De vez en cuando alguien entraba o salía. Tuve una bronca con la doctora, que quería hospitalizarnos de inmediato. Pasaron algunas amigas. La vecina. Recuerdo que se presentó también el mecánico. Borracho. Lo eché.

»Me levantaba como en un sueño, ponía a Diana sobre el orinal, la cambiaba, le daba la pastilla... Ella, mi tesoro, se apartaba del espejo, decía: "No quiero"... No le gustaba tener un sarpullido en la cara.

»Las cajas de sus pastillas eran exactamente igual que las mías, Zhenia. No sé cuántas le di. Además, había perdido la noción del tiempo. Tenía cuarenta de fiebre, así que las horas... No distinguía la mañana de la noche. Pero me acordaba perfectamente de que tenía que darle a Diana su medicina. Era diciembre, estaba oscuro todo el día. El 21, el día del solsticio de invierno, me levanté, me acerqué a ella y la toqué: estaba fría. Le ha bajado la fiebre, pensé. La lamparilla estaba encendida. La miré: su carita estaba blanca, completamente blanca. Ya no tenía granitos. No la desperté, me volví a acostar. Después me levanté otra vez pensando que era hora de darle la medicina. Fue solo entonces cuando comprendí que mi preciosa Diana estaba muerta, muerta...

Zhenia veía la escena como en una película: Irene con una larga camisa de dormir blanca, inclinada sobre la cuna, tomando entre sus brazos a una niña, también ella con un camisón blanco. Lo único que no veía era la cara de la niña, porque quedaba oculta por aquella brillante cabellera pelirroja que hoy todavía vivía, se ensortijaba, resplandecía... Pero Diana, Diana ya no estaba...

Zhenia era incapaz de llorar, algo se le había acumulado en el corazón formando una bola amarga, y no le salían las lágrimas.

–Enterraron a mi hija sin mí. –Irene miró a Zhenia a los ojos con un gesto tan directo y despiadado que Zhenia pensó: «Dios mío, ¿cómo puedo pensar en todas esas tonterías, cuando en la vida pasan cosas semejantes?»–. Tuve una meningitis, me pasé tres meses en varios hospitales y después aprendí a andar de nuevo, a coger una cuchara. Yo tengo siete vidas, como los gatos. –Estalló en una carcajada amarga.

Sí, Irene tenía una voz insólita, una vez que la oías era imposible olvidarla: ronca, suave, parecía que fuese la voz de una cantante que se contiene porque si se pusiera a cantar, a todo el mundo le entrarían ganas de llorar, de sollozar y de precipitarse adonde mandara ese canto de sirena...

Y ese canto supuestamente magnífico hizo que Zhenia se desmoronara, que se pusiera a llorar, y la corrosiva amargura de aquel relato se derramó en un mar de lágrimas. Irene le puso en la mano un pañuelo blanco de encaje, impregnado de perfume, y Zhenia lo dejó empapado al instante.

–Ahora tendría ya más de quince años. Sé exactamente qué aspecto tendría, cómo hablaría, cómo se movería. Su estatura, su figura, su voz; lo sé todo con una precisión absoluta. Sé qué personas le gustarían y las que evitaría. Cuáles son los alimentos que preferiría. Y los que no soportaría.

Irene hizo una pausa, y Zhenia tuvo la impresión de que su mirada escudriñaba en la oscuridad, como si allí, en la esquina, hubiese una chica, delgada, con los ojos azules y el cabello negro, pero completamente invisible...

–Lo que más le gustaba era pintar –prosiguió Irene sin apartar los ojos de la oscuridad que se espesaba en la esquina–. Desde los tres años se veía que estaba destinada a ser artista. Sus cuadros eran fabulosos. Hacia los siete, se parecían especialmente a los de Čiurlionis. Después, su dibujo se volvió más firme, si bien conservó ese lado de misticismo y ternura...

«Locura –pensó Zhenia–. Locura auténtica. Perdió a su hija y se volvió loca.»

Pero no lo dijo en voz alta. Irene se echó a reír y sacudió sus hilos de cobre. Su pelo casi parecía tintinear.

–Bueno, es locura, si quieres. Aunque para toda locura hay una explicación racional. Una parte de su alma permaneció en mí. A veces algo se apodera de mí y me entran unas ganas tremendas de pintar, y pinto. Lo que Diana habría pintado. En Moscú te lo enseñaré, tengo carpetas enteras con los dibujos que hizo durante todos esos años...

El oporto se había acabado hacía rato. Eran las tres pasadas y se separaron; era imposible añadir una palabra a lo que acababa de decirse...

Por la mañana salieron a dar un largo paseo todos juntos. Llegaron hasta correos, llamaron a Moscú. Después comieron en el paseo marítimo en un pequeño restaurante de especialidades asiáticas. Zhenia estaba segura de que el apetitoso olor de los *chebureki* les ocasionaría pérfidamente alguna clase de enfermedad gastrointestinal como la disentería, pero esperaba que Sasha, fiel a su minimalismo alimentario, rechazara aquellos olorosos pastelillos triangulares. Sin embargo, dijo que sí y, de nuevo, comió un alimento que no figuraba en su lista sagrada. Ya era la segunda vez...

Las veladas pasadas bebiendo oporto, al menos en tan pequeño comité, tocaban a su fin: al día siguiente llegaban dos amigas de Irene, a una de las cuales, Vera, Zhenia conocía muy bien; era ella quien le había dado la dirección de aquella casa, en la calle Primorskaya. Y Zhenia, por adelantado, se sintió apenada por no poder continuar con aquella amistad a solas.

La última velada comenzó más tarde de lo habitual porque Sasha se comportó como un niño mimado durante un buen rato y no dejaba que Zhenia se fuese. Se adormecía, se despertaba, lloriqueaba, se volvía a dormir, y Zhenia se quedó traspuesta, acurrucada a su lado. Si Irene no hubiese llamado a su ventana hacia las once, habría dormido hasta la mañana siguiente, con los pantalones y el jersey puestos.

De nuevo había dos botellas de oporto de Crimea, la oscuridad más allá de la ventana, esta vez sin farola porque aquel día se había ido la electricidad y la terraza estaba iluminada por dos grandes velas blancas traídas desde Moscú para una ocasión así. Suzi y Donald hacía rato que dormían en la habitación, e Irene estaba en la terraza, sentada en una butaca profunda, envuelta en cuadros rojos y verdes, y las cartas extendidas ante ella.

—Es *La subida al cadalso*, un viejo juego de solitario francés que no se consigue más de una vez al año. Y ahora, mientras te estaba esperando, lo he logrado... Es una señal muy favorable para la casa, el momento, este sitio... En parte también para ti. Aunque a ti las protecciones te vienen de otra parte, de otro elemento...

Zhenia, que tenía una vaga inclinación por lo sobrenatural pero a la vez se avergonzaba un poco de ese atavismo, se armó de valor e hizo la pregunta obligada:

—¿Cuál es mi elemento?

—¡Eso se ve a la legua! Es el agua. Tu elemento es el agua. ¿No escribes poesía? —le preguntó Irene en un tono pragmático.

—Antes sí. A decir verdad, hice mi tesis sobre la poesía rusa del siglo pasado —confesó Zhenia, un poco cohibida.

—¡Oh, ya veo! Los peces son naturalezas poéticas... Viven en el agua.

Zhenia se quedó en silencio, impresionada. En efecto, su signo del zodiaco era Piscis.

–Con veinte años, Zhenia, yo ya era madre de dos niños muertos –continuó Irene sin preámbulos, retomando el relato donde lo había interrumpido el día antes–. Después tardé dos años y medio en aprender a vivir. Tuve ayuda. De allí... –Hizo con la mano un gesto vago, apuntado más o menos hacia el cielo–. Y entonces conocí al hombre que me estaba predestinado. Era un compositor, un aristócrata ruso; su familia se había refugiado en Francia durante la Revolución y había vuelto después de la guerra. Era quince años mayor que yo. Y, por extraño que parezca, nunca se había casado, aunque su biografía, en cuanto a mujeres se refiere, había sido rica. Su padre había sido el secretario personal de un ministro, durante un tiempo incluso había sido miembro de la Duma. En cierto sentido, era todo lo contrario a mis ancestros comunistas anglo-holandeses. Sin embargo, su padre, Vasili Illariónovich (no mencionaré su apellido, es muy conocido en Rusia), se parecía a mi padre de manera asombrosa, tanto por fuera como por dentro... Detestaban a los comunistas. Pero a mí me acogieron, a pesar de la estela de comunistas que arrastraba detrás de mí.

»Por otro lado, no tenían elección: Gosha y yo estábamos locamente enamorados, enseguida caímos en los brazos el uno del otro, y a la mañana siguiente me llevó al registro civil para casarnos, considerando que todo estaba decidido y era irrevocable.

»Así fue como inicié mi segunda vida, donde no había nada del pasado, excepto mi madre, que, Dios la bendiga, no se había enterado de nada. ¡Pero no creas que fue después de su ataque! ¡Fue antes!

»En realidad no se había dado cuenta de nada. De vez en cuando, llamaba a mi segundo marido por el nombre del primero. A Gosha y a mí nos daba la risa... Él había hecho sus estudios en Francia y en Inglaterra, luego volvieron a Rusia en los años cincuenta, vivieron cierto tiempo en el exilio... En fin, qué quieres que te diga, una historia cualquiera. Nos conocimos el año en que su familia por fin recibió la autorización para vivir en Moscú: les dieron un apartamento de dos habitaciones en Beskúdnikovo por ser descendientes de un decembrista. A cambio de la dacha que tenían cerca de Alushta y su residencia de San Petersburgo, en el canal del Moika.

A Zhenia se le cruzó por la cabeza un pensamiento confuso y vago sobre por qué misteriosa ley se combinaban tan bien personas fuera de lo común como la hija de un espía ruso de origen inglés y el descendiente de un decembrista, nacido en el exilio, en París... Quiso incluso comentárselo a Irene, pero no se atrevió a interrumpir su parsimonioso relato, casi meditativo...

–Me quedé embarazada enseguida.

Irene sonrió, no a Zhenia, sino al vacío.

–Gosha no sabía que yo ya había perdido dos niños. Se lo había ocultado. No quería que me compadeciera... Fue el embarazo más feliz del mundo. Mi vientre crecía con una fuerza increíble, y Gosha se pasaba las noches acostado sobre mi barriga, escuchando. «¿Qué escuchas?», le preguntaba. «¡Los escucho hablar!» Él estaba convencido de que tendríamos gemelos.

»Al final los médicos constataron que oían latir dos corazones. Y di a luz a dos magníficos niños, uno pelirrojo y otro moreno. Los dos pesaron más de tres kilos. Créeme si te digo que desde el primer segundo se llevaron a matar, hasta el punto de que se repartieron a los progenitores: Aleksandr, el pelirrojo, me escogió a mí, y Yákov, el moreno, escogió a Gosha. Era muy duro.

»Cuando uno dormía, el otro se ponía a gritar. Cuando le daba el pecho a uno, el otro se desgañitaba aunque ya hubiese comido. Después aprendieron a morder, a escupir, a pelear... Si uno se ponía de pie, el otro inmediatamente lo tiraba al suelo. No se los podía dejar solos ni un minuto. Pero bastaba con separarlos para que no pensaran más que en volver a estar juntos. Cuando se veían, se precipitaban el uno sobre el otro, se abrazaban y otra vez comenzaban a pelearse. Tenían una relación muy especial, mis gemelos, ¡una relación muy intensa! Yo les hablaba en inglés y Gosha en francés. Cuando comenzaron a hablar también se repartieron las lenguas: Aleksandr hablaba en inglés, Yákov en francés. Bueno, era natural. Y entre ellos hablaban ruso. Pero no te creas que nosotros los aleccionamos para que actuaran así. Ellos lo escogían todo por su cuenta, era imposible obligarlos a hacer nada. Para mí y Gosha observarlos era todo un placer: aquellos detestables genes de la arbitrariedad y de la testarudez eran nuestra herencia.

»Vivíamos todo el año en Púshkino, alquilamos allí una dacha de invierno y nos llevamos también a la abuela Suzi. Entonces todavía estaba relativamente bien. Es decir, todavía leía novelas. Como comprenderás, ella nunca fue de ninguna ayuda o utilidad... Finalmente a Gosha lo contrataron para dar clases en una escuela de música. Para enseñar composición. Estaba super-sobrecualificado para ese trabajo... En el conservatorio es donde tendría que haber estado trabajando... Pero el hecho de haber estudiado en Occidente asustaba a todos. A veces escribía música para películas. Pero sobre todo se ganaba la vida haciendo traducciones. Yo, en cambio, seguía mecanografiando, aunque él se ponía furioso cada vez que aceptaba un trabajo. Tenía un coche que era una cafetera, un Moskvich, con el

33

que iba a Moscú; cada vez que volvía a casa tenía que repararlo... Era un coche inteligente, siempre se estropeaba cerca de casa. Éramos increíblemente felices... y estábamos tan cansados que apenas nos teníamos en pie.

»En primavera, cuando las flores empiezan a florecer, siempre me pongo enferma. Las alergias. Aquel año la floración fue especialmente intensa, no hacía más que jadear, me ahogaba. Mientras hubo lluvias, fui tirando más o menos con las pastillas. Pero enseguida comenzaron los calores y el segundo día tuve un auténtico ataque de asfixia. Se conoce como edema de Quincke. El teléfono más cercano estaba en correos, y entonces en Púshkino las ambulancias eran aves tan raras como las avestruces. Goshka despertó a los niños en mitad de la noche, los vistió rápidamente y los instaló en la parte trasera del coche; teníamos miedo de dejarlos con Suzi, ella no se las arreglaba bien con ellos. Despertados a media noche, estaban más tranquilos que nunca y ni siquiera se peleaban; estaban sentados atrás, abrazados. Después Gosha me sacó de casa y me sentó delante para llevarme al hospital local.

»Él corría como un loco porque yo tenía la respiración sibilante y estaba morada como una remolacha...

Irene cerró los ojos, pero no completamente, quedaba una pequeña rendija clara, como por debajo de una puerta. A Zhenia le pareció que Irene se había desmayado y se levantó de un salto para sacudirla por los hombros. Irene pareció que se despertaba. Se echó a reír con aquella risa suya, tan especial y cantarina.

–Y eso es todo, Zhenia. Ya te lo he contado todo. Estaba tan hinchada que no veía ni sentía nada. No vi el camión que chocó contra nosotros, no sentí el impacto. Fui la única superviviente. Cuando me pusieron sobre la mesa de operaciones, ya no quedaba rastro del edema de Quincke, había desaparecido en el momento del accidente. Completamente increíble... Pero yo sobreviví...

Irene se apartó el cabello del lado derecho de la cabeza: una cicatriz profunda y lisa le comenzaba detrás de la oreja y le recorría todo el cráneo. Por alguna razón, Zhenia le pasó el dedo por encima.

–Es completamente insensible, esta sutura. Soy un fenómeno médico. Tengo una sensibilidad casi nula. Digamos que si me corto un dedo no siento nada. Solo cuando veo sangrar. Es peligroso. Pero en parte también es cómodo.

Irene alargó la mano hacia una bolsa que había sobre la silla, sacó una caja larga del tamaño de tres cajas de cerillas, tomó de dentro una aguja grande y se la clavó en la piel blanca de la base del pulgar. La aguja se hundió suavemente en la carne. Zhenia gritó. Irene se echó a reír.

–Esto es lo que me pasó. Perdí la sensibilidad. Cuando tres semanas después del accidente me dijeron que no tenía ni marido ni hijos me pasó lo mismo. –Irene sacó la aguja y apareció una pequeña gota de sangre. Ella la lamió–. He perdido casi el sentido del gusto. Distingo lo salado de lo dulce, pero eso es todo. A veces, tengo la impresión de que solo es un recuerdo del sabor de aquella época en que aún lo sentía todo...

Irene sirvió lo que quedaba de oporto y se levantó, haciendo ruido con el sillón al retirarlo. Su alojamiento era el más confortable de la propiedad de Dora: además de terraza disponía también de una pequeña cocina independiente en el cobertizo. Allí guardaba su reserva de vino, seis botellas que había comprado para cuando llegaran sus amigas al día siguiente. Estuvo rebuscando durante un buen rato en la oscuridad y después volvió con una botella de jerez.

Zhenia había derramado ya todas las lágrimas la noche anterior y no había tenido tiempo de segregar nuevas en las últimas veinticuatro horas. Tenía la garganta seca y sentía un cosquilleo y un picor en la nariz.

–Finalmente, Anna Kork, la pitonisa inglesa, tenía razón: Donald es mi quinto hijo. Tal como me había predicho: «Tú comenzarás por el quinto...».

De repente la oscuridad se diluyó, después se volvió gris y los pájaros se pusieron a cantar. Cuando la historia terminó, ya había amanecido.

–¿Preparo café? –preguntó Irene.

–No, gracias. Me iré a dormir un rato.

Zhenia se dirigió a su pequeña habitación y se tumbó boca abajo sobre la almohada. Antes de quedarse dormida, todavía tuvo tiempo de pensar: «¡De qué manera tan estúpida vivo! Se puede decir que ni siquiera vivo. Dejé de amar a uno, me enamoré de otro... Imagínate, menudo drama existencial. Pobre Irene... Perder a cuatro hijos...». Y la embargaba una tristeza especialmente abrumadora por Diana, la pequeña Diana de ojos azules y piernas largas que hoy tendría dieciséis años.

Hacia la tarde llegó un destacamento entero de Moscú. Vera con su segundo marido, Valentín, casado anteriormente en primeras nupcias con Nina; Nina y su hijo mayor, que había tenido con Valentín; y además las dos hijas pequeñas de Nina, nacidas de un segundo matrimonio. Vera había venido con dos niños: el hijo menor era de Valentín, mientras que la niña no se sabía con quién la había tenido, es decir, con un primer marido que los otros no conocían. En definitiva, una familia moderna en la que todos se llevaban bien.

La revolución sexual ya estaba en pleno declive, y los segundos matrimonios resultaban más sólidos que los primeros, mientras que los terceros parecían auténticos...

El patio de Dora Surénovna se llenó de niños de edades diferentes, y sus vecinas, tanto de la derecha como de la izquierda, miraban a través de las vallas; estaban celosas de Dora: ¿cómo se las apañaba para comenzar la temporada un mes antes que ellas y terminarla dos meses después? Y así era desde hacía muchos años. No se imaginaban que la causante de aquello era Irene: allí donde iba se agolpaba a su alrededor un gentío, una granja colectiva y fuegos artificiales, un auténtico desfile de primero de mayo de sujetadores desbordantes de glándulas mamarias y de bikinis que dejaban al descubierto ombligos y nalgas y exasperaban a las vecinas de Crimea, hasta el punto de que les hubiera gustado negar alojamiento a todas esas putas sin vergüenza, pero el afán de lucro se lo impedía.

La propia Dora tenía una especie de pensión, no un *bed-and-breakfast* sino un cama-con-comida. Su marido trabajaba como conductor en el balneario del XVII Congreso del Partido, conducía un autobús, iba a recoger a los veraneantes a Simferópol y traía de allí provisiones. Dora daba de comer a todos sus huéspedes y ganaba tanto durante la temporada que podía untar, sin arruinarse, al comisario de la policía local y al inspector de Finanzas.

Los tres primeros días pasaron volando mientras arreglaban ciertas cosas. Nina, madre de tres niños, era un ama de casa redomada, e irradiaba a su alrededor un confort hogareño, así como un modo de organización típicamente femenino. Cuando todos los visillos estuvieron colgados, todos los floreros dispuestos y todas las alfombras sacudidas, estableció un horario según el cual cada día dos mamás se ocuparían de los niños, mientras que las otras dos, después de hacer la compra de la mañana, se pasarían el resto del tiempo descansando...

La mañana del cuarto día, conforme al nuevo programa de vida, a Zhenia y Vera les tocó el turno de descanso. Su plan era el siguiente: acompañarían hasta la parada del autobús a Valentín, que, después de cumplir con el cometido de dejar allí a sus dos familias, se volvía a Moscú; después, con un poco de suerte, comprarían leche, y más tarde se irían a pasear por una naturaleza desnuda; es decir, sin pelota ni niños, sin gritos ni lloros. Y todo salió según lo previsto: acompañaron al marido, no compraron leche porque no habían hecho la entrega, y se dirigieron por la carretera principal hacia las colinas, de donde emanaba el olor a hierba fresca y a tierra afrutada, y sobre las que planeaban las nubes rosas y lilas de los tamarindos en plena floración.

Habían dejado ya la carretera y, aunque caminaban por un sendero empinado, la subida resultaba fácil y no entrañaba demasiado esfuerzo. Ni siquiera hablaban mucho entre ellas, apenas unas palabras...

Después llegaron ante una familia de acacias, se sentaron a la tenue sombra de su escaso follaje y se encendieron un cigarrillo.

—¿Hace mucho que conoces a Irene? —preguntó Zhenia, que, aunque ya habían pasado varios días, no podía dejar de pensar en el azaroso destino de la inglesa pelirroja; un destino ante el cual el anticuado suicidio de Anna Karénina empalidecía y se convertía en una especie de capricho de señorita insensata: ama, no ama, desprecia, besa...

—Crecimos en el mismo bloque de pisos. Iba un curso por encima de mí. No me permitían ser su amiga. ¡Era la gamberra de la escalera! —dijo Vera, y se echó a reír—. Pero a mí me fascinaba. De hecho, fascinaba a todo el mundo. Tenía siempre a la mitad del edificio metido en su casa. Y Suzanna Yákovlevna, antes de la apoplejía, era una mujer adorable. La llamábamos la señora Golosina, siempre estaba dando caramelos a los niños...

–¡Qué destino tan terrible! –suspiró Zhenia.

–¿Te refieres a su padre? ¿A esa historia de espionaje? ¿De qué hablas? –preguntó Vera, algo sorprendida.

–No, hablo de los niños.

–¿De qué niños? –preguntó Vera, aún más sorprendida.

–Pues de Diana, de los gemelos...

–¿Qué Diana? ¿De quién estás hablando?

–De los hijos de Irene. De los que perdió –explicó Zhenia con un horrible presentimiento.

–Sé más explícita. ¿Qué hijos perdió? –preguntó Vera, arqueando una ceja.

–David, su primer hijo, muerto en el parto, al enredarse el cordón umbilical, después Diana, que tenía un año, y algunos años más tarde, su marido compositor, que se mató en un accidente de coche con los gemelos, Aleksandr y Yákov... –enumeró Zhenia con voz monótona.

–¡Caramba! –dijo Vera, sin salir de su asombro–. Y ¿cuándo le pasó todo eso?

–¿No lo sabías? –se sorprendió Zhenia–. Dio a luz a David con dieciocho años, a Diana con diecinueve y, a los gemelos, tres años después, me parece...

Vera apagó su cigarrillo y encendió otro; el tabaco estaba húmedo y no ardía bien, y mientras se afanaba en dar caladas, Zhenia agitaba espasmódicamente otro paquete sin lograr que saliera nada de su interior. Vera guardó silencio mientras aspiraba el humo amargo y al final dijo:

–Escucha, Zhenia, me temo que voy a darte un disgusto. O quizás una alegría. Mira, nuestro bloque de la calle Pechatnikov se desalojó hace diez años, en 1968 para ser más exactos, cuando Irene tenía veinticinco años. Para entonces tenía ya a las espaldas un ejército de amantes, probablemente una decena de abortos y ningún hijo; ¡te lo

39

juro! Tampoco tuvo maridos. Donald es su primer hijo y ella nunca se ha casado, aunque ha tenido amantes muy famosos, incluso una relación con Visotski...

–¿Y Diana? –preguntó Zhenia con aire estúpido–. ¿Y Diana?

Vera se encogió de hombros:

–Vivimos todos esos años en la misma escalera. ¿Crees que no me habría dado cuenta?

–¿Y la cicatriz en la cabeza del accidente de coche? –Zhenia sacudió a Vera por los hombros, que intentaba zafarse con indolencia.

–La cicatriz, la cicatriz... ¿Sabes? Se la hizo patinando. Kotik Krotov tenía unos patines de cuchilla, bueno, ya sabes, patines de competición. Ella se cayó, y él le pasó por encima de la cabeza con las cuchillas. ¡Cuánta sangre perdió! ¡Por poco la mata! Tuvieron que ponerle varios puntos de sutura.

Al principio Zhenia se echó a llorar. Luego se puso a reír como una loca. Otra vez comenzó a sollozar. Después se terminaron los dos paquetes de tabaco que llevaban encima. Finalmente Zhenia volvió en sí: nunca había estado tanto rato separada del pequeño Sasha... Se apresuraron a llegar a casa. Zhenia le había repetido a Vera toda la historia de Irene, que esta había acabado de contarle algunos días antes. Y evidentemente inventada también unos días atrás. A cambio, Vera le contó otra: la verdadera. Las dos historias coincidían en el punto más inverosímil: el pasado de espía del comunista británico-irlandés, condenado a pena de muerte y canjeado por un espía nacional.

Cuando llegaron a casa, Zhenia se sentía desolada. Los niños ya habían cenado, estaban sentados alrededor de la mesa grande y jugaban a un bingo infantil: en lugar de números había nabos, zanahorias y manoplas. Sasha, aferrado a un cartoncito de lotería, hizo una señal a su madre con la mano y dijo: «¡Hurra! ¡Tengo una liebre!», y la cubrió con su cartón. Era uno más, no desentonaba entre el resto: en absoluto retrasado, ni enfermo, ni especialmente nervioso...

Las madres estaban sentadas en la terraza de Irene y bebían jerez. Suzi daba sorbitos de su vaso con una expresión de felicidad. Vera subió a la terraza y se sentó con ellas.

Zhenia se retiró a su habitación. La invitaron a que se uniera a ellas desde la terraza, pero les gritó que le dolía la cabeza. Se acostó en la cama. De hecho, no le dolía en absoluto, pero era preciso que hiciera algo. Efectuar una operación después de la cual volvería a ser capaz de beber vino, de charlar con las amigas y ver de nuevo a sus otras amigas, más cultas e inteligentes, que se habían quedado en Moscú...

Los niños habían terminado su bingo. Zhenia le lavó los pies a Sasha, lo acostó y apagó la luz. Una de las amigas la llamó en un susurro fuerte que casi fue un grito:

–¡Zhenia! Ven a comer pastel.

–Sasha todavía no se ha dormido. Iré más tarde –respondió ella, en un tono de voz igual de teatral.

Estaba tumbada en la oscuridad y exploraba la herida de su alma. Era una herida doble. Por un lado, estaba la compasión prodigada en vano a unos niños inexistentes, ingeniosamente inventados e inhumanamente asesinados, sobre todo Diana. Era como si le doliera una pierna amputada: algo que no existía. Un dolor fantasma. Peor aún: algo que nunca había existido. Y la otra herida era la afrenta hacia sí misma, pobre cobaya estúpida con la que habían hecho un experimento sin sentido. O bien había algún sentido que sobrepasaba su entendimiento.

De nuevo alguien llamó suavemente a la ventana. La llamaban. Pero Zhenia no respondió, le resultaba imposible imaginarse la expresión de la cara de Irene, que enseguida intuiría que la había desenmascarado. Y su voz... Y su propia vergüenza ante la vergüenza de esa vergüenza... Zhenia permaneció acostada sin dormirse hasta que se apagó la luz en la terraza. Entonces se levantó, encendió la pequeña lámpara de la pared y lo echó todo en la maleta: la ropa limpia y la ropa sucia, los juguetes, los libros, todo revuelto. Solo se demoró un momento para envolver cuidadosamente las botas de agua de Sasha en una toalla sucia.

Por la mañana temprano, Zhenia y Sasha salieron de casa con la maleta. Fueron a la estación de autobuses, y Zhenia no sabía adónde se dirigirían. ¿A Moscú, tal vez? Pero allí, en la estación, solo había un autobús viejo, de antes de la guerra, en el que se leía «Novi Svet», y se subieron a él y al cabo de dos horas estaban en un lugar totalmente diferente.

Alquilaron una habitación junto al mar y pasaron allí otras tres semanas. Sasha se comportó de manera modélica: no tuvo ninguna de las crisis de histeria que habían preocupado tanto a Zhenia y a los médicos. Caminaba descalzo a lo largo de la orilla, iba corriendo por el agua poco profunda y chapoteaba. Comía, dormía. Parecía que él también había traspasado el umbral de una nueva madurez. Como Zhenia.

En Novi Svet todo era maravilloso. Todavía florecían las glicinas y las montañas quedaban muy cerca y, justo detrás de la casa, se alzaba una pendiente rocosa por la cual era posible alcanzar en un par de horas una cima pulcramente redondeada, de estilo japonés, desde donde se podía contemplar una bahía poco profunda y unos arrecifes con nombres griegos antiguos que se erguían en esas aguas desde la creación del mundo.

Sin embargo, a veces su corazón se encogía bruscamente. ¡Irene! ¿Por qué los había matado a todos? Sobre todo a Diana...

MI HERMANO YURA

Hacia la tarde se levantó una brisa que soplaba a ras de tierra y alzaba las faldas de las mujeres, helándoles las piernas; después, al amanecer, se puso a llover. Tarásovna, la lechera, llevó a Zhenia un cubo con tres litros de leche recién ordeñada y le dijo que ahora la lluvia se quedaría cuarenta días porque era el día de San Sansón. Zhenia no la creyó, pero se quedó consternada: ¿y si era verdad? Llevaba en el campo desde el inicio del verano con cuatro niños; dos suyos, Sasha y Grisha, y otros dos que le habían endilgado, parientes por amistad: su ahijado Petia y Timosha, el hijo de una amiga. Cuatro niños de ocho a doce años, un destacamento de corta estatura. Zhenia se las arreglaba bien con los chicos: su naturaleza era limpia, sus juegos, sus discusiones y sus peleas eran fáciles de predecir.

Una semana antes de la lluvia, que, en efecto, resultó persistente (si duraría cuarenta días o no, de momento era una incógnita, pero el cielo estaba completamente encapotado y llovía sin interrupción), la propietaria de la casa le había traído a su hija Nadia, de diez años, que tendría que haber ido a un campamento de verano en el sur, pero el recinto había sido pasto de las llamas.

A Zhenia le sorprendió la belleza rosada y atezada de aquella niña, un poco zíngara, un poco india. Pero más bien era una rusa del sur. Era extraño que aquella mujer-osa mofletuda y vulgar hubiese podido engendrar a un retoño tan magnífico. Lo único que madre e hija poseían en común era una gordura musculosa, pero no patológica, sino ese aspecto que en el campo se conoce como «estar bien alimentado».

Mientras el tiempo fue bueno, la presencia de Nadia no alteró en absoluto su vida bien organizada. Los chicos trabajaban en la construcción de su tercera cabaña en un lindero del bosque Nefiódov. Partían por la mañana a buscar madera y, según las reglas autóctonas y en plena correspondencia con un cuadro de Thompson Seton, entrelazaban, cortaban y ataban los troncos con todas sus fuerzas. Nadia les preguntó si podía ir con ellos, pero recibió una negativa tácita y categórica. Ella no se había puesto demasiado triste, aunque les había bajado los humos.

–El año pasado, mi hermano mayor, Yura, construyó una cabaña en un árbol. Pero él tiene catorce años...

Aunque ella no era del pueblo, tampoco se la consideraba una veraneante: su casa era heredada, había pertenecido a unos parientes difuntos, los Maloféyev, cuyo apellido era el mismo que llevaba su madre, una moscovita. Nadia conocía a todos los vecinos, tanto a los adultos como a los niños. Por la mañana salía a hacer su ronda, yendo de casa en casa, y regresaba a la hora de comer sin retrasarse. Después, incluso sin que Zhenia le diera instrucciones, fregaba los platos sucios, que dejaba sorprendentemente relucientes en un tiempo récord, y acto seguido volvía a salir para visitar a los vecinos, esta vez hasta la cena.

Sin embargo, a partir del tercer día resultó que, a pesar del desprecio expresado, Nadia seguía interesándose por los ocupantes masculinos de la casa. Pero ella, ya fuera porque estaba ofendida con ellos, o demasiado ocupada con las viejas amiguitas del pueblo, abandonadas casi durante un año entero, ya no se juntaba con ellos; solo una vez había ido con todos a la estación biológica, adonde los había acompañado Zhenia para visitar a un extravagante amigo de la universidad. Hacía diez años que vivía en las profundidades del bosque Nefiódov, donde estudiaba los pájaros y otros animales que procuraban a sus amados pájaros unas veces comida, otras veces la muerte. De todo tomaba nota y llevaba la cuenta, describía la naturaleza y el clima de manera escrupulosa, puntillosa. Junto a él, vivían jóvenes naturalistas, estudiantes de último curso y también amantes de la naturaleza, que observaban pájaros carpinteros, hormigas o lombrices de tierra; cada cual tenía sus propios intereses y todos llevaban un diario. De hecho, si Zhenia había alquilado aquella casa en verano era porque contaba con colocar a sus hijos con los naturalistas y así ella se pasaría el tiempo tumbada en su hamaca, leyendo y reflexionando sobre su desafortunada vida personal.

Sin embargo, no ocurrió nada de eso. Sasha y Grisha no se entusiasmaron por la vida salvaje en su forma natural, pero sí se divertían con los pasatiempos campestres: nadaban en un riachuelo poco profundo, montaban en bicicleta, iban hasta el lejano estanque Trifónov para pescar, interesados solo por el número y el peso de las capturas, y no por su pertenencia a una u otra especie o por los gusanos que habitaban sus vísceras. Después de que llegaran Petia y Timosha se habían lanzado a empresas de gran envergadura, como la construcción de cabañas.

De camino a la estación biológica, Nadia no dejaba de cotorrear, pero Zhenia no prestaba una particular atención a lo que ella les contaba a los niños. La niña conocía bien el bosque y les hizo dar un rodeo de unos treinta metros para enseñarles un viejo refugio subterráneo de los años de la guerra, que todavía no se había confundido por completo con la maleza. Allí se habían librado combates, los pueblos de la región habían vivido dos meses bajo ocupación alemana, y todavía quedaban testigos vivos de aquella época...

–Y la señora Katia Trufánova incluso tuvo un hijo con un alemán –declaró Nadia y, cuando ya estaba a punto de ponerse a explicar todos los detalles, conocidos por todo el pueblo, Zhenia desvió la conversación en una dirección que también tenía que ver con la naturaleza viva, pero desde un aspecto botánico: les señaló un viejo abedul cubierto de un hongo yesquero que les hizo cortar con cuidado porque se trataba, según ella, de un hongo con propiedades curativas. La niña demostró una gran agilidad mental: había comprendido que Zhenia la había interrumpido por algún motivo y, mientras los niños cortaban con sus cortaplumas la seta dura como una piedra, le contó en un susurro insistente el final de la historia de Katia, del alemán que se había alojado en su casa, y de Kostia Trufánov, que había nacido de aquella convivencia.

Zhenia la escuchaba y se maravillaba por lo diferentes que eran los chicos de las chicas. En la familia de Zhenia había una clara predominancia masculina; su madre tenía hermanos, ella tenía un hermano pequeño, y en la última generación también todos habían nacido varones, nadie alumbró a una niña... Y, por el amor de Dios, menos mal... Si aquella pequeña chismosa voluptuosa hubiera sido su hija, ¡ya se habría llevado un buen tirón de orejas!

–... y él, en cuanto acabó de servir en el ejército, ya no volvió a casa. La señora Katia dice que hizo bien. Aquí le llamaban *boche*, aunque era bueno y más inteligente que cualquiera de nuestros aldeanos. Mi hermano Yura nunca se burla de la gente, pues... ¿por qué iba a burlarse de los otros alguien fuerte e inteligente? ¿No le parece? Quien se burla de los demás es peor que nadie.

Los ojos de la pequeña Nadia brillaban con un fulgor oscuro e inteligente; tenía en su voz y en las comisuras de los labios una compasión auténtica y, al andar, balanceaba los brazos con un gesto que no tenía nada de campesino, más bien algo de español y fiero. Y la irritación de Zhenia se atemperó. Ella respondió riendo, había auténtica simpatía en su voz y en las comisuras de sus labios, y agitó las manos en un gesto que no era rústico, sino más bien español y orgulloso, y la irritación de Zhenia remitió, y se echó a reír:

–Claro, claro, quien se burla de los demás es peor que nadie.

A pesar de todo, aquella niña era un encanto. Avanzaba con agilidad por el camino lleno de grietas, saltando con soltura de un surco a otro, resbalando un poco con sus zapatos de adulta gastados, pero de buena calidad. Era todavía una niña, tenía incluso pliegues de bebé en las manos; era regordeta como una muñeca de celuloide y, sin embargo, saltaba como una bailarina.

–Puedo enseñaros el manantial sagrado, pero hay que caminar un par de horas pasado Kiriakovo –propuso Nadia, y una arruga transversal se le formó entre las cejas a causa de una intensa reflexión: «¿Qué más les podría mostrar a los veraneantes?». Y recordó–: Allí, al otro lado de la vía del tren, después del claro, había una ermita, me la enseñaron. Y también una guarida de osos, allí los osos... –Y la sinceridad la hizo titubear–. Antes aquí había muchos osos... Yo no los he visto, pero mi hermano Yura sí... Aunque de eso hace tanto tiempo...

Después corrió a juntarse con los niños, y Zhenia siguió oyendo su voz sonora, modulada por divertidas inflexiones de sorpresa, de entusiasmo y de superioridad femenina. Aguzando el oído, Zhenia comprendió que no había diálogo entre ellos. Nadia les contaba lo que le pasara por la cabeza, y los niños parecían hablar de sus cosas: estaría bien pedir prestados anzuelos en la base, y averiguar dónde iban a pescar los zoólogos locales... Y solo de vez en cuando Sasha o Timosha dirigían alguna pregunta a Nadia, casi como autómatas.

–Nadia, ¿dónde está eso?

–¿Quién te lo ha dicho, Nadia?

Y Zhenia intuyó que en aquel grupito de niños estaba ocurriendo lo que ocurría en todas las partes del mundo, así como en su propia vida: unos ya se habían enamorado de otros, otros de nadie, algunos tomaban el pelo a otros, otros se besarían...

No había pasado ni una semana y Zhenia descubrió que ya no era el mayor y sensato Sasha quien mandaba, sino aquella risueña parlanchina de Nadia. El descubrimiento coincidió con el pronóstico de lluvias. Ahora ya no tenían ganas de salir a la calle; la cabaña del bosque, sin acabar y empapada, había perdido su atractivo, y los niños se atrincheraron en casa, aguardando con esperanza el final de la lluvia. Desde la mañana se propusieron encender la estufa grande que no habían utilizado hasta entonces: se las habían apañado con el hornillo de la cocina y con la bombona de gas cuando no había electricidad. Resultó que Nadia sabía encender la estufa que Zhenia no había conseguido poner en marcha al inicio de la temporada. La niña limpió alguna tubería, y abrió y cerró varias veces la válvula para activar el tiro, hasta aquel momento inexistente. Finalmente, después de varios intentos, la pequeña hoguera de corteza de abedul, que ella había dispuesto según las reglas del arte rural, empezó a arder, y después inflamó la pequeña isba de astillas, construida alrededor de las cortezas, y así hasta el tronco más grueso que había en la garganta misma de la estufa. Luego hubo una larga comida con *kisel* y galletas de postre, al término de la cual Nadia recogió los platos, los llevó junto a la cocinita que había instalada en el exterior y le dijo a Zhenia:

–¿Y si los dejamos? Los fregaré todos después de cenar.

A Zhenia le pareció bien. Ella tampoco tenía unas ganas locas de fregar los platos en una palangana grasienta, y se retiró con sumo gusto a la pequeña habitación, donde solo cabían una cama plegable y una mesita con libros. Se acostó, reflexionó un instante sobre cómo su desgraciada vida personal había vuelto a derrumbarse, después apartó aquel pensamiento, que llevaba importunándola por lo menos una década, y tomó entre las manos un libro erudito, un poco complicado para ella, pero del que sentía una necesidad incomprensible. Se puso las gafas y, armada con un lápiz de punta afilada para escribir puntos de interrogación en los márgenes, se quedó dormida al instante, arrullada por aquella maravillosa música polifónica que invade una casa de campo cuando llueve: el rumor de las gotas sobre las hojas, el repiqueteo en los cristales, las tenues ondas sonoras ante el menor cambio de viento, el golpeteo de las gotas contra la superficie del agua oscura del barril, el sonido nítido de las trombas de agua corriendo por el canalón. Y el sonido más peligroso, al principio sonoro, luego sordo, de las gotas contra el fondo de la palangana colocada en el desván bajo las filtraciones del techo.

Cuando Zhenia se despertó, los niños estaban sentados alrededor de la mesa con las cartas entre los dedos estirados. Grisha, el benjamín, estaba radiante de felicidad: ¡le

50

habían dejado participar! Jugaban una partida «por una historia», una ocurrencia de Nadia. El que perdía contaba una historia, divertida, espantosa o alegre, según las instrucciones del auditorio. Nadia estaba dando el do de pecho con una historia rocambolesca sin atisbo de verosimilitud: contaba que el verano anterior había estado en el rodaje de una película en España y que le habían dado un caballo que había participado en corridas de toros, pero que, como había enfermado de un trastorno nervioso, había sido vendido a un estudio de cine... Seguía con el relato de su relación con el caballo, con el mozo de cuadra de aquel establo y con la hija de este, una joven amazona circense. Y la tal Rosita quería llevársela de gira, porque Nadia estudiaba en la mejor escuela rusa de equitación y era campeona de Moscú, tanto de equitación en general como de una especialidad de ese deporte aristocrático.

Zhenia tenía ganas de poner a aquella niña mentirosa en su sitio, pero en primer lugar tenía como principio no educar a los hijos de otros, pues consideraba que era tarea de los padres, y no de extraños, educar a los propios hijos. Y, en segundo, Nadia mentía con mucha gracia, de una manera fuera de lo común, por eso se limitó a preguntar desde el otro extremo de la habitación:

–Nadia, ¡cómo que fuiste a España! ¿He oído bien...?

–Estudio en una escuela española. Este invierno vinieron algunos españoles y seleccionaron a tres niñas para un programa educativo. Nosotras pensábamos que era una bobada, pero en realidad iba en serio... Así que fui.

Después cenaron bocadillos y yogures, y Nadia no olvidó su promesa. Se puso el inmenso impermeable de su madre, se calzó las botas de agua y salió fuera a fregar los platos.

Por la mañana la lluvia torrencial había dado paso a

una llovizna, pero sin resquicio para la esperanza: así es como las enfermedades agudas se convierten en crónicas, de las que uno no puede librarse en mucho tiempo.

Aquella lluvia crónica daba la impresión de poder durar los cuarenta días proverbiales o, por decirlo de otra manera, una eternidad relativa. Sería preciso aprender a vivir bajo la lluvia, y Zhenia, sobreponiéndose a la somnolencia, ordenó a todos que se vistieran convenientemente, de acuerdo con el tiempo, y fueran a la estación a comprar el pan.

Nadia, movida bien por altruismo, bien por racionalismo, propuso enseguida ir sola: ¿para qué iban a mojarse todos? Pero los niños gritaron al unísono: «¡Yo también!», y la cuestión quedó zanjada. Irían en grupo. Por alguna razón, Zhenia le dio el dinero a Nadia y la bolsa a Sasha... Llegaron a la hora de comer, hechos una sopa y entusiasmados. Mientras hacía cola para el pan, Nadia se había enterado por las ancianas del lugar que se había cometido un asesinato en un pueblo vecino, habían debatido sobre el crimen durante todo el camino de vuelta, y a Zhenia, que estaba poniendo la mesa, le llegaban a los oídos los fragmentos del nuevo relato de Nadia, esta vez dedicado a la psicología del criminal.

Nadia pensaba que si se le tendía una emboscada en el patio de aquella casa –un poco como los naturalistas, que observan a los pájaros para contar cuántas veces un herrerillo lleva gusanos a sus crías–, el criminal sería capturado sin falta, puesto que el asesino siempre vuelve a la escena del crimen. Después hilvanó lo ocurrido con su novela personal: tres años antes ella misma había capturado a un homicida de la misma forma. Desde la habitación contigua, Zhenia no alcanzaba a oír los detalles, pero sí pudo captar algunas cosas sueltas. La historia incluía un retrato robot, un hombre con una cazadora oscura y un gorro con orejeras de piel de oveja y la medalla que le habían otorgado por su ayuda en la captura del criminal.

«¡Es sorprendente! –cavilaba Zhenia–. Los niños también mienten. Pero siempre por razones prácticas, para evitar un castigo o para esconder un acto que saben que está prohibido...»

A decir verdad, Nadia era un auténtico tesoro. No dejaba de inventarse pasatiempos para toda la banda. Iba a buscar al desván algunos juegos viejos de su hermano mayor Yura: por ejemplo, una vez, un mapa de los alrededores hecho a mano; se pasaron dos días y medio copiándolo con esmero para ir, en cuanto cesara de llover, a explorar los lugares que Yura había representado de manera tan fascinante. Luego, durante tres días, jugaron a un juego inventado por Nadia que se llamaba el Planeta: cada uno imaginaba un planeta, con su propia población y su propia historia, y Zhenia no dejaba de maravillarse del talento de aquella pequeña embustera. Cuando Zhenia la elogió un día de pasada, Nadia respondió alegre, con su sonrisa de personaje de dibujos animados:

–¡Fue a mi hermano Yura a quien se le ocurrió!

Pasados esos tres días de juegos espaciales, las hostilidades comenzaron; el planeta Timofeo declaró la guerra al planeta Primus, invención y propiedad de Petia. Por el momento, los hermanos Sasha y Grisha eran neutrales, pero el planeta de Nadia, Yurna, cuyo nombre había creado a partir de su nombre y el de su hermano Yura, se inclinaba por una alianza con Primus, lo que ponía en entredicho la noble neutralidad de los hijos de Zhenia.

Retazos de discusiones sobre aparatos voladores, misiles, vuelos interestelares y naves espaciales, llegaban desde la habitación grande a oídos de Zhenia, que no prestaba demasiada atención hasta que, en medio de un repentino silencio, oyó la voz de Nadia:

—Ese platillo, OVNI se llama, se acercó volando a nuestro huerto y se quedó suspendido en el aire, casi a ras de suelo, después le salieron tres rayos del vientre que se unieron en la tierra, y, bueno, la tierra se derritió. Enseguida llamé a gritos a mamá; mamá salió corriendo, pero justo en ese momento se llevaron sus rayos y se fueron volando más allá, detrás del bosque... Fue hace dos veranos, pero desde entonces la hierba no crece en ese lugar...

Aquella vez Zhenia montó en cólera: eran mentirijillas inofensivas, pero no dejaban de ser veneno. Tendría que hablar con su madre, era una especie de patología. Una niña tan buena, ¿por qué lanzaba embustes todo el tiempo? ¿Acaso había que llevarla a un psiquiatra?

La mamá de Nadia, la casera, tenía que llegar el sábado o el domingo, y Zhenia decidió que sacaría el tema a colación...

El viernes por la mañana, la lluvia cesó de repente, después sopló un viento fuerte que no amainó hasta la tarde y, hacia la noche, quedó un cielo límpido, despojado de toda nube, de un gris acerado, con los vestigios del crepúsculo extinguiéndose en él.

La lechera Tarásovna, que normalmente salía al encuentro de su rebaño a la entrada del pueblo, subió por la calle con su Nochka y, deteniéndose junto a la casa de Zhenia, dijo:

—¿Lo ve? Ya ha caído toda el agua. Ahora despejará un poco...

—Pero usted dijo que serían cuarenta días —le recordó Zhenia con rencor.

—Bah, y quién los cuenta... Ahora no estamos para lluvias... No sirven de nada... Y entonces, para mañana, ¿cuántos te traigo? ¿Tres?

54

Zhenia se acordó de que la casera quizás llegaría al día siguiente y pidió a Tarasovna que le dejara cinco litros. Por la mañana, Nadia los llevó a todos a buscar a su madre al autobús, y a las diez ya estaban delante de la parada. La propietaria, Anna Nikítishna, llegó a la hora de comer, colorada, con la cara empapada de sudor y cargada con dos bolsas enormes. Sasha y Timosha le llevaron una de esas bolsas llenas a reventar, aguantándola cada uno por un asa; la segunda intentaron cogerla entre Petia y Grisha, pero no pudieron, así que la llevaron Anna Nikítishna y su hija, repartiéndose también las asas.

Anna Nikítishna, antigua residente local, era de naturaleza generosa. Hacía tiempo que tenía un buen puesto en Moscú, en la UPDK, la dirección de servicios del cuerpo diplomático: era la encargada de supervisar los servicios que se prestaban a los altos funcionarios diplomáticos en el ámbito de la limpieza, la lavandería y la cocina. Tenía a un centenar de mujeres bajo sus órdenes; era un trabajo muy bien remunerado y de una gran responsabilidad: allí no se perdonaban los errores.

Pero Nikítishna era inteligente, perspicaz, y gozaba de protección en las altas esferas. Zhenia no estaba al corriente de esos detalles, así que se quedó indeciblemente estupefacta cuando la propietaria de la casa se puso a vaciar las bolsas y toda la mesa quedó cubierta de alimentos que no parecían de este mundo, hasta el punto de que Grisha no tardó en exclamar:

—Es comida para astronautas, ¿no?

Sí, y las bebidas también. Dentro de latas metálicas, en botellas diminutas, y un polvo anaranjado que con solo disolverlo en agua producía una naranjada con burbujas...

—Son regalitos para los niños, para tus niños... Me has ayudado mucho, Zhenia. En este momento Nadia estaría

55

aburrida en Moscú, mientras que aquí al menos está al aire libre... Kolia y yo hemos hablado y hemos decidido que no te cobraremos el mes de agosto. Dado que nos cuidas a la niña, también nosotros tenemos que poner algo de nuestra parte. ¿Entiendes? –añadió Anna Nikítishna, guiñándole el ojo, y una vez más Zhenia se sorprendió de que Nadia, guapa como un sol, se pareciese tanto a su mamá-osa, de frente baja, ojos diminutos, nariz chata y una boca que le llegaba de oreja a oreja.

–Ya veo, Anna Nikítishna. Gracias por los regalos, nunca habían visto nada parecido. Pero lo del dinero... No es necesario, de verdad... Ya ve qué verano estoy teniendo, ya me habían añadido dos, así que uno más uno menos... Y además Nadia no es un bebé, es un tesoro. Me ayuda mucho. Nada que ver con los niños... Tiene una hija maravillosa.

En aquel momento Zhenia ni siquiera se acordó de las mentiras de Nadia, asombrada de la generosidad y la largueza de aquella mujer tan sencilla.

Acostaron a los niños tarde: se habían quedado mucho rato sentados a la mesa, saboreando toda clase de golosinas inimaginables, dulces y saladas, que salían de los paquetitos: cacahuetes, gominolas, chicles de naranja y frambuesa... Después se lavaron los pies, se cepillaron los dientes y se acostaron en camas distintas para que Anna Nikítishna y Nadia pudiesen dormir en la cama grande, mientras que Sasha cogió el sitio donde Nadia había dormido hasta entonces.

Por fin los niños se calmaron, y Anna Nikítishna salió a buscar a la cocina una botella de vodka, un bote de tres kilos de pepinillos en salmuera y un tarro de níscalos; con todo aquello apretado contra el pecho, volvió pisando fatigosamente el sendero empapado. Todavía se quedaron un buen rato sentadas en la terraza, y Anna Nikítishna le contó a Zhenia su heroica vida, cómo ella, completamente sola, lo había conseguido todo por sí misma: su posición, cierto bienestar... Aún podría tener más, pero no quería porque conocía el valor de las cosas, y lo que había conseguido era suficiente, no necesitaba más... Anna Nikítishna se bebió toda la botella de vodka salvo tres copitas, se comió los tres kilos en salmuera a excepción de un pepinillo (también había algunas alcachofas y tomates verdes), y se separaron, plenamente satisfechas la una con la otra.

«Una chica como es debido», aprobó Anna Nikítishna en su fuero interno.

«¡Qué producto tan exótico, esta buena mujer!», determinó Zhenia.

Por la mañana a Zhenia le sorprendió la frialdad de Anna Nikítishna y no tuvo la perspicacia de achacarla a los ligeros malestares de la resaca del día anterior. La propietaria se calzó sus botas de agua y fue al huerto para salvar los restos de rábanos, ahogados entre la maleza.

Nadia siguió a su madre; siempre iba pisándole los talones, a su lado como un ternerito.

Por la tarde Anna Nikítishna se puso a hacer las maletas. Llenó las bolsas con verduras del huerto y patatas primerizas que le había llevado Tarásovna. También cogió del sótano las conservas del año anterior.

–Este año nos quedaremos cortos de provisiones para el invierno –explicó a Zhenia–. En primavera nos dieron a Kolia y a mí dos bonos para un balneario y dejamos pasar la siembra. Se puede decir que este año tenemos toda la tierra en barbecho.

Después todos se fueron a despedir a Anna Nikítishna al autobús. El de las seis no pasó y tocó esperar el siguiente. Los niños, hartos de estar sentados sobre los troncos, fueron corriendo hasta la orilla. Zhenia se quedó a solas con la propietaria y se lanzó a una escueta investigación:

—Por cierto, ¿Nadia fue a España con la escuela?

—Sí —respondió Anna Nikítishna con indiferencia—. A veces le digo a Nikolái: ¿por qué le pegas? Es buena estudiante, ayuda en casa, pero él dice que hay que enseñarle bien. Tal vez tenga razón: Nadia es la primera de su clase. Vinieron a buscar niños para una película española y, de toda la escuela, solo escogieron a tres. Estuvieron allí mes y medio, les pagaron todo, los billetes de avión, la comida, el hotel... No nos costó ni un kopek. Incluso nos dieron dinero. Pero Kolia no lo quiso: no lo aceptes, me dijo, si lo aceptas te ensuciarás las manos. Nosotros trabajamos en la UPDK, no en una fábrica...

Se hurgó los dientes posteriores con el dedo, mascó y chasqueó los labios.

—El español no está mal como lengua. Se habla en Cuba, en América Latina. Le servirá. Creo que la matricularemos en el instituto de lenguas extranjeras.

«Bien —pensó Zhenia—. Aclarado lo de España.»

—Tal vez podría estudiar Derecho. Recibió una medalla de la policía, ¿no? —le volvió a lanzar Zhenia el anzuelo.

—¿Qué medalla, Zhenia? Solo tenía el nombre. Es una insignia de honor. Era una niña, la engañaron: una medalla, una medalla. ¿Te lo ha explicado ella? ¡Qué charlatana! Hubo un asesinato en nuestro bloque de pisos, una vieja a la que mataron a hachazos. Colgaron por todos sitios un retrato robot, se reunió a todos los vecinos y nos dieron instrucciones: teníamos que avisarlos si veíamos a alguien que se pareciera. La comisaría de policía está justo debajo de casa. La niña vio a un tipo con un gorro de piel, bajó a decirlo y lo atraparon de inmediato. De hecho era el sobrino de la vieja. Ya habían pensado en él, y de repente se presentó solito. Nadia lo reconoció por el retrato robot. Es muy observadora... Y además tiene buena estrella, ¡una suerte increíble!

—¿Y su hijo es como ella?

—¿Qué hijo? —se asombró Anna Nikítishna—. No tenemos ningún hijo.

—¿Cómo que no? ¿Y Yura? No deja de hablar de su hermano mayor Yura —dijo Zhenia, más sorprendida si cabe.

Anna Nikítishna se sonrojó y frunció el ceño; enseguida se vio que no era por casualidad que trabajaba en la UPDK.

—¡Qué granuja! ¡Es ella la que ha hecho correr el rumor de que tiene un hermano! Y las vecinas con poco que les des..., han extendido el rumor de que mi Kolia tiene un hijo en alguna parte. ¡Mira de dónde ha salido! Ya verás, Zhenia, le voy a dar su merecido.

Y gritó con voz estentórea:

—¡Nadia! ¡Ven aquí ahora mismo!

Nadia la oyó y se puso a correr al instante, con toda la chiquillería pisándole los talones. Raudos y veloces, subieron la cuesta, el camino estaba resbaladizo, todavía no se había secado después de las largas lluvias, y vieron cómo Grisha se caía haciendo que Petia tropezara, después rodaron los dos por la hierba húmeda, mientras Nadia se acercaba a todo correr.

Sin embargo, en ese mismo momento el autobús dobló en la esquina y ya estaba a punto de saltarse la parada cuando Anna Nikítishna comenzó a agitar el puño. La puerta delantera se abrió y ella se metió dentro con sus bolsas. Después se volvió y le gritó a Zhenia:

—El próximo sábado vendré con su padre, se las verá con ella... Ese mal bicho... Se ha acostumbrado a contar patrañas...

Nadia, que acababa de llegar, se deshizo en lágrimas

cuando vio el autobús alejándose. Era la primera vez en dos semanas que la veía llorar: no se había despedido de su mamá. No sabía la que se le venía encima.

A Zhenia le entró la risa. Estrechó a Nadia entre sus brazos.

—Venga, no llores, Nadia. Ya has visto cómo van hoy los autobuses, sin horario, uno no ha venido y este ha llegado antes de tiempo.

Ahora solo había una pregunta que le interesara a Zhenia, o mejor dicho una sola respuesta: ¿qué había en la parte trasera del huerto? ¿Estaría allí el claro en la tierra del que había hablado Nadia?

—Vamos, enséñame en qué parte de vuestro huerto los rayos quemaron la tierra...

—Claro que lo haré.

Nadia tomó a Zhenia de la mano. Tenía una mano dulce y regordeta, agradable al tacto. Volvieron a casa sin entrar por la terraza, se dirigieron al fondo del jardín donde el huerto se transformaba en campo porque la valla se había derrumbado durante el invierno, y Kolia, por culpa de aquella estancia en el balneario, no había tenido tiempo de volver a ponerla.

Al principio Zhenia pensó que se trataba simplemente de una boca del alcantarillado con una vulgar tapa de hierro fundido. Después se dio cuenta de que aquel sitio era el doble de grande. Y al mirarlo bien se dio cuenta de que no había ninguna juntura: en el centro había algo que efectivamente parecía de hierro fundido, incluso brillaba un poco, pero después había un claro, y en los márgenes de aquella tierra quemada despuntaban aquí y allí solitarias briznas de hierba pálida, después la hierba se espesaba y se transformaba en una maleza que hacía tiempo debería haber sido desbrozada... Zhenia dio unos golpecitos en el suelo con su pie calzado en una bota de agua: bueno, quizás no era hierro fundido sino asfalto... Después se sentó en medio del círculo y le pidió a Nadia que le contara una vez más lo que había pasado. Y Nadia le repitió con mucho gusto la historia y le indicó el punto exacto donde había aparecido el platillo volador, por dónde había invertido la trayectoria, cómo se había quedado suspendido en el aire y por dónde había desaparecido.

–Los rayos convergieron justo en este punto de aquí, donde no hay hierba.

La encantadora cara de Nadia resplandecía, estaba muy contenta e irradiaba una verdad pura y verdadera. Zhenia guardó silencio un instante, estrechó a Nadia contra su pecho e, inclinándose a su oído, le preguntó en voz baja para que los niños no la oyeran:

–Pero lo de tu hermano Yura es una mentira, ¿no?

Los ojos marrones de Nadia se inmovilizaron, como cubiertos por una película. Su boca se abrió muy ligeramente, se metió convulsivamente entre los labios las yemas de casi todos los dedos y se puso a mordisquearse las uñas. Zhenia se asustó:

–¿Qué te pasa, Nadia? ¿Qué te pasa?

Nadia escondió la cara y su pequeño cuerpo, suave y robusto, en el costado delgado de Zhenia. Esta le acariciaba la cabeza castaña, la gruesa trenza de pelo sedoso y la espalda que se estremecía bajo la tela áspera del impermeable:

–Nadiusha, pequeña, ¿qué te pasa?

Nadia se deshizo del abrazo de Zhenia, levantó sus ojos negros centelleantes de odio:

–¡Él existe! ¡Existe!

Y prorrumpió en un llanto amargo. Zhenia estaba de pie sobre el hierro fundido, calcinado por los rayos del platillo volador, y no comprendía nada.

FIN DE LA HISTORIA

Mediados de diciembre. Final del año. Final de las fuerzas. Oscuridad y viento. Hay una especie de tiempo muerto en la vida, todo se detiene en un mal lugar, como una rueda atascada en un bache. Y en la cabeza también se me han atascado los dos versos de un poema: «A mitad del camino de la vida / yo me encontraba en una selva oscura...».[1] Un estado crepuscular total, sin el más mínimo destello de luz. Qué vergüenza, Zhenia, qué vergüenza... En la habitación pequeña duermen dos niños, Sasha y Grisha. Tus hijos. He aquí una mesa, encima de ella hay trabajo. Siéntate y toma tu bolígrafo. He aquí un espejo, en él hay el reflejo de una mujer de treinta y cinco años y ojos grandes, las comisuras de los párpados un poco caídas, de pecho opulento, también un poco caído, y unas piernas bonitas con los tobillos finos, una mujer que acaba de echar de casa a un marido que no era el peor de los maridos y que, para colmo, no era el primero, sino el segundo. En el espejo se refleja también una parte de la vivienda, pequeña pero bonita, en uno de los ba-

1. Primer verso de la *Divina Comedia* de Dante. Traducción al castellano de Ángel Crespo. (*N. de la T.*)

rrios más agradables de Moscú, en la calle Povarskaya, en un patio, con una ventana semicircular que da a un jardín. Después, claro, serán desalojados, pero en ese momento, a mediados de los años ochenta, todavía vivían decentemente. La familia de Zhenia también está muy bien. Es una familia numerosa, con tías, tíos, primos hermanos y primos segundos, todos ellos personas respetables que cursaron estudios superiores: si es médico es un buen médico, si es un investigador es muy prometedor, si es pintor es próspero. Oh, no como Glazunov, por supuesto. Pero recibe encargos de editoriales, es un ilustrador excelente, casi uno de los mejores. Es apreciado entre sus colegas. De él se hablará a continuación.

Además de los primos hermanos y los primos segundos, hay ya toda una nueva generación de infinidad de sobrinos y sobrinas: las Katia, las Masha, las Dasha, los Sasha, los Misha, los Grisha... Y entre ellos, Lialia. Tiene trece años. Ya tiene pecho. Pero su acné aún no ha desaparecido. Tiene la nariz larga, y eso ya es para toda la vida. Cierto, más adelante podrá operársela. Pero solo con el tiempo. También tiene las piernas largas. Unas piernas bonitas. Pero de momento nadie lo ha notado. En cambio las pasiones ya se han desatado. La niña vive una loca historia de amor con un tío artista. Esa Lialia de nariz larga fue un día a visitar a su prima Dasha, y cayó en los brazos de su padre. Él trabaja en casa, en la habitación del fondo, dibuja.

Dibujos arrebatadores, pájaros dentro de jaulas, poemas... Es ilustrador. Tiene el pelo negro, ondulado y largo. Hasta los hombros. Una camisola azul por encima de una camisa de cuadros rojos y azules. Un pañuelo de florecitas en el cuello debajo de la camisa; sería mejor llamar comas a esas flores. No, nada de flores ni de comas, más bien minúsculos pepinos. Pero verdaderamente minúsculos... Se enamoró.

Y esa niña, Lialia, va a ver a una pariente suya adulta,

la tía Zhenia, que ese mes de diciembre tiene otras cosas en la cabeza que sus sobrinos de segundo grado. Pero Zhenia es prima del ilustrador. Su prima hermana. Y la pequeña Lialia le confiesa su amor por él. Le cuenta toda la historia: cómo llegó a casa de Dasha, él se hallaba en la habitación del fondo, dibujaba pájaros y tenía un fular lleno de diminutos pepinos. Y cómo después ella volvió, esta vez sin Dasha, y se quedó sentada en su habitación; él pintaba y ella permanecía allí sentada. Sin decir nada.

Los martes y los jueves, Mila, la mujer del ilustrador, pasa consulta por la mañana, desde las ocho. El lunes, el miércoles y el viernes, por las tardes. Es ginecóloga. Dasha va todos los días a la escuela. A la escuela francesa, en la Perspectiva Mira. Sale de casa a las siete y veinticinco. Los martes y los jueves (pero no todas las semanas, una semana el martes, otra semana el jueves), Lialia llega a la habitación del fondo a las ocho y media. Una vez falta a clase de historia y otra de inglés, otra vez, a dos horas de literatura. Sí, trece años. ¿Y entonces? ¿Qué puede hacer? Si es un amor loco... Le hace perder la cabeza.

Las manos le tiemblan cuando se desviste. Es emocionante. Él es el primer hombre de su vida. Está segura y convencida de que nunca habrá otro. ¿Quedarme embarazada? No, eso no me da miedo. Es decir, en realidad no lo he pensado. Pero podría tomar la píldora... ¿No puedes telefonear a Mila para que te haga una receta, como si fuesen para ti...?

Zhenia está fuera de sí. Lialia tiene la misma edad que Sasha. También trece años, pero en femenino. Solo que, por lo visto, no los llevan de la misma manera. Sasha piensa exclusivamente en la astronomía. Lee libros de los que su madre no entiende ni siquiera el índice. Mientras que esa pequeña idiota está enamorada, y además es a ella, Zhenia, a quien ha escogido como confidente de sus secretos de corazón. ¡Y qué secretos! Un cuarentón respetable que se acuesta con una sobrina menor, una amiga de su hija, bajo su propio techo, y además mientras su mujer pasa consulta en la calle Molchánovka, a tres manzanas de allí, desde donde podría dejarse caer en cualquier momento para tomar una taza de té, por ejemplo. ¿Y los padres de Lialia?

Su madre, Stella culo grande, la prima hermana de Zhenia, ¿qué piensa de ello? ¿Que su hija se ha ido a la escuela balanceando su cartera usada? Y su papaíto, Konstantín Mijáilovich, ese matemático chiflado, ¿qué piensa? Y la difunta tía Emma, la hermana del padre de Zhenia, ¿qué diría? Le dan escalofríos de solo pensarlo...

Lialia se ausenta de las clases por las mañanas. A veces, cuando Sasha y Grisha están en el colegio, ella va a tomar un café con Zhenia. O bien el ilustrador está ocupado, o bien ella no está de humor para sentarse en un pupitre. Es imposible echarla: ¿y si le diera por tirarse por la ventana? Así que Zhenia la escucha con resignación. Y se desespera. Como si no tuviera ya bastante con sus propios problemas: ha puesto a su marido de patitas en la calle porque se ha enamorado de un caballero totalmente inaccesible... Un artista con todas las letras. De hecho, es director de escena. Es de una ciudad magnífica, casi en el extranjero. La llama cada día por teléfono y le suplica que vaya. Pero Lialia siempre está en casa...

Zhenia está desesperada.

–Lialia, querida, es preciso que pongas fin a esa relación. ¡Has perdido el juicio!

–Pero ¿por qué, Zhenia? Le quiero con locura. Y él también me ama.

Zhenia la cree porque Lialia últimamente se ha puesto muy guapa. Tiene unos ojos bonitos, grandes, grises, con las pestañas negras maquilladas. Una nariz larga, pero fina, con un caballete noble. Tiene la piel bastante mejor. Y el cuello, sencillamente magnífico, un cuello de belleza excepcional: fino, que se va volviendo aún más fino hacia arriba, y la cabeza está plantada primorosamente en el extremo de ese tallo flexible... ¡Mecachis!

–Lialia, querida, si no piensas en ti misma, al menos piensa en él. ¿Comprendes lo que le pasará si alguien se entera? Para empezar lo enviarán a la cárcel. ¿Es que no te da pena? ¡Ocho años de cárcel!

–No, Zhenia, no. Nadie lo enviará a la cárcel. Si Mila se da cuenta, lo echará de casa, eso sí. Y lo despellejará vivo. Económicamente hablando. Es terriblemente interesada, y él gana mucho dinero. Si va a la cárcel, no le pagará la pensión. No, no, ella no montará un escándalo. Al contrario, lo tapará.

Lialia bosqueja un cuadro de la situación futura con mucha frialdad y perspicacia, y Zhenia comprende que, aunque sea monstruoso, probablemente tenga razón: Mila es de veras codiciosa.

–Bueno, ¿y tus padres qué? ¿No se preocuparán? Imagínate cómo se lo tomarán cuando se enteren –dijo Zhenia, intentando plantearlo desde otro ángulo.

–¡Harían mejor en callarse! Mi mamá se acuesta con el tío Vasia. –Zhenia puso unos ojos como platos–. No me dirás que no lo sabías... Vasia, mi tío, el hermano de papá. Siempre ha estado loca por él. Lo único que no sé es si se enamoró de él antes de casarse con papá o después. En cuanto a papá, eso debería darle completamente igual, ¡no es ni mucho menos un hombre! ¿Comprendes lo que te quiero decir? Aparte de sus fórmulas no le interesa nada... Misha y yo incluidos.

Por el amor de Dios, ¿qué hacer con este pequeño monstruo? A fin de cuentas, solo tiene trece años. Es una niña, necesita protección. Pero ¿qué clase de tipo es nuestro pintor? Ese esteta melancólico, con su chaqueta de ante y el pañuelo alrededor del cuello. ¡Y las manos cuidadas! Manicura a domicilio. Un día le había dicho a Zhenia que su trabajo exigía unas manos tan impecables como las de un pianista... A decir verdad, más bien parece un homosexual. ¡Y en cambio resulta que es un pedófilo! Por otra parte, Lialia ya no es un bebé. Los judíos antiguamente casaban a las chicas a los doce años y medio. Así que desde un punto de vista psicológico es adulta. Y su cerebro es más que adulto, no hay más que ver su análisis sobre Mila; muchas mujeres adultas no serían capaces de hacer semejante razonamiento.

Pero ¿qué tiene que hacer ahora ella, Zhenia? Es la única adulta que está al corriente de toda la historia. Por consiguiente, la responsabilidad recae precisamente sobre ella. No tiene a nadie a quien pedir consejo. No puede irles a sus padres con esa historia. A su madre le daría un infarto...

Lialia va a ver a Zhenia casi todas las semanas, le habla del artista, y todo lo que dice convence a Zhenia de una cosa: aquella horrible relación es bastante sólida; si un hombre casado se arriesga a recibir cada semana en su casa a la joven amante es que ha perdido verdaderamente la cabeza. Las píldoras anticonceptivas, dicho sea de paso, son bastante caras. Zhenia las ha comprado sin recurrir a Mila, por supuesto, y se las ha dado a Lialia diciéndole que tome una cada día sin falta... A pesar de los anticonceptivos, está enormemente angustiada por su responsabilidad. Comprende que es preciso actuar antes de que estalle el escándalo, pero no sabe por dónde empezar. Al final ha decidido que lo único que puede hacer en las actuales circunstancias es hablar con el pintor, ¡que se vaya al diablo!

Y el director de escena la llama, le pide que coja un

avión y vaya a verle aunque sea solo por un día. Su espectáculo está a punto de estrenarse, trabaja doce horas al día... Pero si Zhenia volara a aquella ciudad maravillosa, cálida y luminosa, ¡estaría acabada! Sí, pero ¿y si no va? Es preciso hacer algo respecto a esa historia demencial de Lialia. Lo grave no es que el escándalo sea inminente, sino que, a fin de cuentas, un hombre adulto esté echando a perder la vida de una niña. Dios mío, qué felicidad tener hijos varones. ¿Cuáles son sus problemas? Los deberes de astronomía de Sasha... A Grisha solo hay que arrancarlo de los libros, lee por las noches, con una linterna debajo de la colcha. A veces se pelean. Pero últimamente cada vez menos...

Finalmente decidió llamar al amante de Lialia. Lo llamó de día, después de las dos, un día que Mila tenía consulta por la tarde. Se alegró muchísimo de oírla y enseguida la invitó a que pasara a verle, ya que no vivía muy lejos. Zhenia le respondió que iría a verle a casa la próxima vez, pero que ahora debían verse en otra parte, en terreno neutral.

Se encontraron cerca del cine Artístico, y él le propuso ir al café Praga.

—¿Te ha pasado algo, Zhenia? Se te ve hecha una furia... —le preguntó el pintor en tono cordial, y Zhenia recordó que él siempre se había portado bien con la familia. Un día había ayudado a una pariente lejana cuando habían tenido que someterla a una grave operación, y en otra ocasión le había pagado un abogado a cierto familiar tunante que había intentado, sin éxito, robar un coche... Qué complejos son los seres humanos, cuántas cosas contradictorias conviven en su interior...

—Disculpa, es una conversación desagradable. Me refiero a tu amante —comenzó bruscamente Zhenia, porque tenía miedo de que se templara su arrebato de cólera respecto a aquella historia sórdida.

Él permaneció un largo rato en silencio. Un silencio absoluto. Los pequeños músculos de su mandíbula se le movieron bajo la piel fina. Después de todo, no era tan guapo como se lo imaginaba. Tal vez se hubiera marchitado con la edad.

–Yo soy adulto, Zhenia. No eres mi madre ni mi abuela... Dime, ¿por qué debería rendirte cuentas a ti?

–Porque cada uno de nosotros, Arkadi, es responsable de sus actos –estalló Zhenia–. Y ya que eres un adulto debes responder por lo que haces...

Se bebió de un trago la pequeña taza de café. Dejó la taza vacía en el extremo de la mesa.

–Dime, Zhenia, ¿te ha enviado alguien o te ha dado espontáneamente un ataque de moralidad?

–Pero ¡qué bobada! ¿Quién podría enviarme? ¿Tu mujer? ¿Los padres de Lialia? ¿La propia Lialia? Desde luego que es por iniciativa propia. Un ataque de moralidad, como dices tú. La tonta de Lialia me lo ha contado todo. Por supuesto, habría preferido no saber nada... Pero como lo sé, tengo miedo. Por ella y por ti. Eso es todo.

De repente él se ablandó y cambió el tono de voz:

–Para serte sincero, no tenía idea de que estuvierais en contacto. Es curioso...

–Créeme, preferiría no tener ninguna relación con ella, sobre todo por cuanto a esto se refiere...

–Explícame qué quieres de mí, Zhenia. Esta historia hace tiempo que dura. Y nosotros dos, discúlpame, no somos lo suficientemente íntimos como para discutir cuestiones delicadas de mi vida privada.

En ese momento Zhenia comprendió que las cosas no eran tan sencillas y que, detrás de aquellas palabras, había muchas cosas que ella no sabía. Arkadi tenía un aspecto en parte culpable, en parte desdichado.

–Creía haber entendido que se trataba de una relación reciente. Y tú dices que hace tiempo que dura... –atinó a decir Zhenia, maldiciéndose por haberse metido en aquella historia.

–Como detective eres bastante mala. A decir verdad, hace más de dos años que dura. –Se encogió de hombros–. Solo que no entiendo por qué Lialia ha sentido la necesidad de hablarte de ello. Mila está al corriente y está dispuesta a todo con tal de que no nos divorciemos...

Él movió el codo, la tacita se cayó de la mesa y se rompió con gran estrépito contra el suelo. Sin levantarse, se inclinó bajo la mesa, recogió los fragmentos con su largo brazo y los amontonó delante de él. Se puso a seleccionar los trozos de porcelana blanca y a disponerlos como si quisiera volver a pegarlos... Después levantó la cabeza. No, a pesar de todo, él era guapo. Las cejas tan pobladas, los ojos de un verde grisáceo.

¿Más de dos años? Entonces, ¿se había acostado con una niña de diez años? Y hablaba de ello como si se tratara de algo normal y corriente... En el fondo, los hombres son seres de otro planeta...

–Escucha, Arkadi, ¡de veras no te comprendo! ¿Y hablas así de ello, sin reparo? No me entra en la cabeza. ¿Cómo es posible que un hombre adulto se acueste con una niña de diez años?

Parecía que los ojos se le fueran a salir de las órbitas:

–Pero ¿qué dices, Zhenia? ¿De qué niña hablas?

–¡Lialia cumplió trece años hace un mes y medio! ¿Qué es para ti? ¿Una joven? ¿Una mujer? ¿Una abuela?

–¿De quién estamos hablando, Zhenia?

–De Lialia Rubashova.

–¿Qué Rubashova? –se sorprendió sinceramente Arkadi. Se estaba haciendo el tonto. O bien...

–Lialia. La hija de Stella Kogan y Kostia Rubashov.

–¡Aaah, Stella! ¡Hace siglos que no la veo! Sí, es cierto, creo que tiene una hija. ¿Qué tiene que ver ella conmigo? ¿Me lo puedes explicar?

Eso es todo. Fin de la historia. Él lo había comprendido. Se quedó horrorizado. Rompió en carcajadas. Sintió el deseo de echarle un vistazo a aquella niña que mantenía con él una relación ficticia... Ni siquiera la recordaba. ¿Quién sabe cuántas niñas, amigas de Dasha, pasaban por su casa?

Después Zhenia, una vez que se hubo quitado aquel peso terrible que le oprimía el corazón, también se echó a reír:

–¿Te das cuenta, querido mío, de que he descubierto que tenías una amante?

–En realidad sí. Tengo una especie de amante. No tiene ni diez ni trece años, pero, como comprenderás, plantea toda una serie de problemas... Y me he puesto furioso contigo cuando has...

El camarero se acercó a recoger los fragmentos de porcelana y llamó a la mujer de la limpieza para que se encargara del suelo de debajo de la mesa.

Zhenia esperaba la visita de Lialia. Escuchó sus últimas confidencias. La dejó hablar y después le dijo:

–Lialia, estoy muy contenta de que hayas venido a verme y me hayas hecho partícipe de tus penas. Sin duda debía ser muy importante para ti representar ante mí toda esta historia, que nunca ha pasado. Ya tendrás tiempo para todas esas cosas: para el amor, el sexo, un artista...

Zhenia no logró terminar el discurso que había preparado. Lialia estaba ya en el vestíbulo. No pronunció ni una palabra, cogió su cartera y no se dejó ver en años...

Pero Zhenia tenía otras cosas en las que pensar. El invierno, estancado en la oscuridad, salió de su punto muerto. El director presentó su espectáculo y él mismo fue a Moscú. Estaba contento y triste a la vez, rodeado constantemente de una multitud de admiradores, de georgianos de Moscú que sentían una sublime nostalgia de Tiflis o intelectuales de otros lugares enamorados de Georgia y de su espíritu libre y su alma regada de vino. Durante dos semanas Zhenia fue feliz, y en la selva oscura de su vida frenética se hizo la luz, y marzo fue tan cálido y luminoso como abril, como en el reflejo de aquella ciudad lejana en el río salvaje de Kura. Se tranquilizó. No porque hubiera sido feliz durante dos semanas, sino porque había comprendido en el fondo de su alma que una fiesta no debía durar eternamente y que aquel hombre festivo había llegado a su vida como un enorme regalo, tan enorme que era posible mantenerlo un instante pero no conservarlo... Zhenia le contó la historia de la pequeña Lialia, al principio se echó a reír y después dijo que ahí había un tema genial... Después él partió, Zhenia fue a verlo a Georgia, y él volvió aún varias veces a Moscú. Y después todo acabó de repente, como si nunca hubiera pasado. Y Zhenia continuó viviendo. Incluso se reconcilió con su segundo marido; con el tiempo descubrió que sencillamente era imposible dejarlo: estaba irremisiblemente ligado a su vida, como los hijos...

Estuvo mucho tiempo sin ver a Lialia. No asistía a ninguno de los cumpleaños de los familiares, y durante los funerales había otras cosas en las que pensar...

Solo al cabo de muchos años coincidieron sentadas a la mesa en una celebración familiar. Lialia era ya adulta, una mujer joven, muy bella, casada con un pianista. Iba con su hija pequeña. La niña de cuatro años se acercó a Zhenia y le dijo que era una princesa... Eso es todo. Fin de la historia.

UN FENÓMENO DE LA NATURALEZA

Y pensar que todo había comenzado de la manera más admirable y acabaría con un trauma psicológico para una joven señorita de nombre Masha, de aspecto insignificante, pecosa y con unas gafitas sencillas, pero dotada de una naturaleza extremadamente delicada. Aquel trauma se lo causó Anna Veniamínovna, una señora de pelo gris cortado casi al rape, de edad muy avanzada, y que obró sin mala intención. Se trataba de una docente jubilada desde hacía tiempo, una profesora cuyo fervor pedagógico no se había agotado durante las muchas décadas que había pasado enseñando literatura rusa, sobre todo poesía. En cierto sentido, Anna Veniamínovna también era una coleccionista, no tanto de libros vetustos, contemporáneos de sus propios autores, cuanto de las almas jóvenes que se arremolinaban alrededor de esos pozos de ciencia de la Edad de Plata...[11] A lo largo de sus muchos años de trabajo en un centro de enseñanza superior de segunda categoría había acumulado todo un ejército de exalumnos...

1. Edad de Plata de la literatura rusa: período que va de la última década del siglo XIX hasta los años veinte del siglo XX, extremadamente rico en movimientos literarios y en poetas de gran talento. (*N. de la T.*)

73

Un buen día, Anna Veniamínovna, con una blusa gris claro de poliéster, una chaqueta de tweed con un corte pasado de moda y unos zapatos decrépitos que durante su larga vida se habían acostumbrado a una limpieza diaria con un cepillo de cerdas naturales, estaba sentada en el banco de un parque absolutamente maravilloso —la dirección exacta no se indica para evitar que sea reconocida—, no en pleno centro de Moscú pero tampoco en la periferia. Un barrio bonito, casi prestigioso. Tenía entre las manos un libro forrado con papel de periódico. Hacía mucho tiempo que ya no se llevaban así. Pero ella se obstinaba en envolver los libros con hojas de periódico, cortando con las tijeras las figuras triangulares correspondientes para que el tamaño de la cubierta de papel de periódico coincidiera con la del libro, para que se ajustara como un guante...

Era un día hermoso de mediados de abril, y las dos, Anna Veniamínovna y Masha, sentadas por casualidad en el mismo banco, contemplaban con deleite el despertar de la naturaleza que los ingeniosos cuervos se afanaban activa y ruidosamente en adaptar a sus necesidades reproductivas, esas necesidades que son las más bajas y las más elevadas al mismo tiempo; rompían ramitas con sus fuertes picos, las metían en los nidos del año anterior para restaurarlos o fabricaban con ellas nidos nuevos...

Después de casi una hora de observar conjuntamente aquel espectáculo raro y divertido, Anna Veniamínovna recitó algunos versos:

Amplia y amarilla es la luz vespertina,
y tierno es el frescor de abril,
has tardado muchos años en venir,
y sin embargo estoy contenta de verte...

—¡Qué versos tan maravillosos! —exclamó Masha—. ¿De quién son?

Por fin se había roto el hielo.

—¡Ay, los pecados de juventud! —sonrió la fascinante anciana—. ¿Quién no ha escrito versos en su juventud?

Masha asintió ligeramente, aunque no había cometido esos pecados. Acompañó hasta su casa a Anna Veniamínovna, que la invitó a pasar. Masha entró. Ella procedía de una sencilla familia de ingenieros. De niña, en su casa, había un armario-vitrina con los volúmenes uniformes de la colección La literatura universal, que ninguna mano había tocado, y once copas de cristal; su padre había roto una. Y recuerdos de países que ahora se llaman países hermanos: una jarra negra georgiana con adornos de plata, una muñeca lituana con la cabeza de lino, y un silbato ucraniano de color amarillo pardusco con la forma de ese famoso animal de hocico rosado que proporciona el material para la fabricación de los entremeses preferidos de los habitantes de la pequeña Rusia.

Allí, en cambio, todas las paredes estaban cubiertas de bibliotecas y de estanterías llenas de libros sin encuadernar —¡ah!, por eso los envolvía en papel, de lo contrario las páginas se desprenderían—. En las estanterías y en las paredes, por todas partes, fotografías de caras vagamente conocidas, algunas con dedicatoria. Una mesita minúscula, ovalada, pero no una mesa para comer o para escribir; simplemente una mesa, y ya está. Encima, un par de tazas sucias, una pila de libros y una caja para los útiles de costura. Una viejecita auténtica, nacida antes de la Revolución... Y por supuesto un hervidor no eléctrico, de aluminio, de los que hoy ya no se encuentran ni en los basureros, si acaso en algún anticuario.

Nació una amistad. Mientras las compañeras de clase

75

de Masha (que ese año acababan la escuela) se enamoraban de universitarios de segundo curso, deportistas vigorosos que iban a entrenarse al estadio al lado de la escuela, y de los cantantes de moda con las guitarras llenas de dibujos, Masha caía rendida ante Anna Veniamínovna, que poseía todo lo que a ella le faltaba: Anna Veniamínovna tenía la piel blanca, era delgada e intelectual hasta la médula, mientras que Masha había nacido con una osamenta ancha, una tez de una rojez malsana y no se gustaba en absoluto por su cultura limitada. Sus padres también eran gente sencilla, igual que sus ancestros hasta la tercera generación. Aunque Masha los quería, se avergonzaba un poco de su padre Vitia, ingeniero de una fábrica, a quien, por encima de todas las cosas, le gustaba estar metido en su Lada azul oscuro silbando una cancioncilla estúpida... Y de su madre, también ella ingeniera de una fábrica, se avergonzaba por su anchura y rectangularidad, por su voz exageradamente fuerte y por su ingenua hospitalidad –«¡Comed, llenaos el estómago! ¡Tomad más sopa y poneos un poco de crema! ¡Un trocito de pan!»– con la que incordiaba a sus compañeras de clase cuando pasaban a verla.

Anna Veniamínovna parecía hecha de otra pasta, pero no de una pasta de levadura sino de una pasta hojaldrada: seca, pálida, quebradiza. Sería lógico preguntarse de qué podían hablar una señora tan cultivada y aquella jovencita un poco vulgar de una familia de ingenieros. Pues bien, de todo. Desde las fotografías de la gente con caras vagamente conocidas hasta la novela contemporánea de un joven escritor de moda del que Anna Veniamínovna había oído hablar, pero al que no había leído. Masha le llevó la novela de moda, esperándose una bronca, pero la anciana improvisó una lección muy interesante, gracias a la cual Masha comprendió que el escritor de moda no había caído del cielo, que tenía precursores cuya existencia ella ni siquiera sospechaba y que, en general, todos los libros se apoyaban en algo que había sido escrito o dicho antes... En fin, a Masha le sorprendió aquella idea, mientras que a Anna Veniamínovna, por su lado, le sorprendió constatar hasta qué punto se enseñaba mal la literatura en las escuelas actuales. Desde el momento de aquel descubrimiento recíproco se abrió ante ellas un campo inagotable para conversaciones sumamente fructíferas. La joven, que sacaba muy buenas notas en matemáticas, en física y en química –tenía la intención de matricularse en la Escuela de Ingenieros de Caminos, situada cerca de allí, a diez minutos a pie, justo en el otro extremo de la avenida, donde, por cierto, había cursado estudios su padre–, cambió por completo de orientación: cada vez se sentía más atraída por la literatura y, cosa sorprendente donde las haya, su corazón contumaz, antes poco sensible a las sutilezas verbales e intelectuales, estaba fascinado por la poesía...

Y Anna Veniamínovna emprendió su educación. De una manera muy original y poco práctica: nunca le daba los libros vetustos de su biblioteca, pero le recitaba poesía durante horas, con comentarios y anécdotas sobre las biografías de los poetas, sus relaciones, sus aficiones, sus disputas y sus amores. La vieja profesora hacía alarde de una memoria fantástica. Se sabía de memoria antologías enteras de poetas famosos, de otros de notoriedad media y de otros eclipsados casi por completo por los grandes nombres. Y poco a poco acabó quedando claro que ella misma, Anna Veniamínovna, era poeta. A decir verdad, una poeta que nunca había publicado sus versos. Masha, gracias a su corazón ahora refinado, aprendió a adivinar cuándo la profesora le recitaba sus propios versos. Y no se equivocaba. En esos casos, cuando comenzaba a recitar «sus» poemas,

Anna Veniamínovna se frotaba ligeramente la frente, después entrelazaba los dedos y cerraba los ojos...

–Y escucha este, Masha... A veces me parece que el tiempo de esta poesía pasó... Pero es imposible desgajarla de la cultura... Es algo que está en su interior...

Una hierba cruel, grisácea y olorosa
cubre la pendiente estéril de una colina sinuosa.
El euforbio está blanco.
Bajo las capas de arcilla derrubiada
brillan la pizarra, el esquisto y la mica...

–¿Esos versos son suyos? –le preguntaba Masha con timidez.

Anna Veniamínovna sonreía evasivamente:

–Fueron escritos a tu edad, Masha... ¡Dieciocho años, qué edad...!

Masha transcribía a hurtadillas los versos de Anna Veniamínovna. Ella también tenía buena memoria. Y Anna Veniamínovna, si bien su cabeza canosa conservaba toda la lucidez, se acordaba mejor de los poemas que de todo lo demás. Había emprendido ya aquel camino sin retorno en el que cada vez era más difícil recordar si se ha tomado la medicina de la mañana, si se ha apagado el gas o tirado de la cadena, pero la poesía estaba grabada tan firmemente en las cintas de la memoria que moriría en último lugar, al mismo tiempo que aquellas proteínas que constituyen el modo de existencia de la vida.

Por supuesto, Masha no era la única que frecuentaba aquel apartamento destartalado. Iban alumnos de todas las épocas, gente más bien mayor, personas de mediana edad y veinteañeros. No iban a verla muy a menudo; solo Masha, que vivía en un edificio vecino, pasaba a verla cada día.

Era sorprendente: en diecisiete años de vida nunca se había encontrado con nadie parecido a Anna Veniamínovna, y ahora de repente resultaba que había una multitud como ella, intelectuales con ropa pobre y andrajosa, eruditos, cultivados e ingeniosos. Nunca hubiera sospechado la existencia de esta última cualidad, que no tenía nada que ver con los chistes y las bromas. Y ante la manifestación de ese ingenio nadie se desternillaba de risa sino que se esbozaba una sutil sonrisa.

–Un hombre es algo estupendo, pero ¿para qué tenerlo en casa? –preguntó Anna Veniamínovna pérfidamente, con su sonrisa de siempre, a su antigua estudiante Zhenia, una mujer bastante entrada en años, a propósito de las peripecias de su complicada vida.

Y Zhenia le respondió al instante:

–Anna Veniamínovna, yo no le pido prestada la plancha a la vecina, ni el molinillo de café ni la batidora; tengo los míos. ¿Por qué debería tomar prestado un hombre?

–¡Mi pequeña Zhenia! ¿Cómo puedes comparar a un hombre con una plancha? Una plancha *acaricia* cuando se lo pides, mientras que un hombre acaricia cuando él lo necesita –respondió Anna Veniamínovna.

Aquellas conversaciones le encantaban a Masha. Tal vez no eran muy divertidas, pero todo su encanto residía en el hecho de que las preguntas y las respuestas –pim, pam, pim, pam– se sucedían con la rapidez del rayo, y Masha no siempre conseguía captar el sentido de aquel intercambio de alta velocidad. Ignoraba que ese diálogo ágil, lo mismo que la poesía, era un fragmento de una vasta cultura forjada no en un año ni en dos, sino a lo largo de una sucesión de generaciones que habían frecuentado veladas, recepciones, conciertos benéficos y, Dios nos perdone, universidades...

Las citas, como adivinaría más tarde, ocupaban un lugar importante en aquellas conversaciones. Era como si, además del ruso normal y corriente, dominaran otra lengua oculta dentro de la lengua de uso común. Masha no aprendió a reconocer de dónde y de qué libros la habían sacado, pero por la entonación de los interlocutores al menos había aprendido a percibir la presencia de citas, referencias, alusiones...

Cuando venía alguien, Masha se sentaba en un rincón y escuchaba. Era incapaz de participar en aquellas conversaciones, así que se iba a la cocina a poner el hervidor al fuego y llevaba las tazas a la mesa ovalada, y cuando los invitados se habían marchado, fregaba aquellas tazas delicadas que tenía miedo de romper. Ella era una figura casi muda, nadie le dirigía la palabra aparte de la exestudiante Zhenia, la más simpática de todos, que de vez en cuando le formulaba extrañas preguntas: si había leído a Bátiushkov, por ejemplo. Pero si ni siquiera se estudiaba en la escuela...

Las últimas horas del día se habían convertido en su momento preferido, porque Masha, pasadas ya las diez (tres meses después de conocerse le había confiado las llaves de su apartamento), se sentaba en una extraña silla plegable que se podía transformar en una escalerilla, mientras la propietaria de la casa, sentada en su sillón austero (que no incitaba demasiado a las travesuras) con el respaldo recto y los reposabrazos duros, tomaba una cena irrisoria, un vasito de yogur, y tras una misteriosa pausa se ponía a recitarle poesía.

Por lo general, Anna Veniamínovna comenzaba así:

—Este poema de Gorodetski le gustaba mucho a Valeri

Briúsov. Pertenece a su primera colección. Data de 1907, me parece...

Anna Veniamínovna recitaba magníficamente, no como los actores, con expresividad y gesticulando, sino a la manera de los profesores, acentuando el ritmo:

No es aire sino oro,
oro líquido
derramado en el mundo
y forjado sin martillo.
El mundo de oro líquido
reposa inactivo.

–Recíteme algo suyo –le pedía Masha, y la profesora bajaba sus párpados rugosos, como los de las tortugas, y pronunciaba despacio majestuosas palabras sonoras que Masha se esforzaba en retener.

Sus padres no la dejaron matricularse en la facultad de humanidades y además Masha ni siquiera estaba segura de que hubiese superado las pruebas de acceso. Se pasó todo el verano estudiando con empeño matemáticas y física, y casi todas las tardes visitaba a Anna Veniamínovna, que también se sentía muy unida a ella y se mostró preocupada cuando comenzaron los exámenes. Pero todo fue a pedir de boca. Masha fue admitida y sus padres quedaron satisfechos. Le habían prometido de regalo un viaje al extranjero; habían dejado caer que podría ser a Hungría. Allí la madre tenía algunos amigos de la época soviética. Pero Masha renunció a ir: Anna Veniamínovna no se encontraba bien, sus piernas finas y blancas como el helado de yogur comenzaron a hinchársele debido a la ola de calor que causaba estragos aquel final de verano.

Masha no viajó a Hungría. A mediados de agosto, después de una grave crisis cardíaca, a Anna Veniamínovna la ingresaron en el hospital, y Masha tuvo tiempo de visitarla tres veces. Cuando fue la cuarta vez, no encontró a Anna Veniamínovna en la habitación, la cama estaba deshecha, la mesilla de noche saqueada: a Masha le dijeron que su abuela había muerto durante la noche.

Masha sacó de la mesita algunos objetos femeninos y medicamentos sin pensar por qué lo hacía; alguien podría necesitar el trozo de jabón infantil comenzado, la colonia sencilla, las servilletas de papel y las medicinas para el corazón. Tomó con veneración tres pequeñas colecciones de poemas envueltas en papel de periódico; encima reposaba una vetusta antología de Blok, *Más allá de la frontera de los años pasados*, editada por Grzhebin en 1920... Sobre la línea sombreada y grisácea con el nombre del poeta, estaba escrito en lápiz, con la escritura rápida y vacilante de Anna Veniamínovna: «Que Dios bendiga este nuevo lápiz que tú me has regalado...». Y era fácil imaginar que Blok en persona le hubiera regalado aquel lápiz. Pero las fechas no coincidían: ella había nacido en 1912 y en 1920 solo tenía ocho años...

Masha se quedó todo el día en el apartamento de Anna Veniamínovna. La gente llamaba por teléfono, preguntaba, se pasaba. Por la tarde, una decena de personas se reunieron: su sobrino con su mujer, la directora de la cátedra donde había trabajado Anna Veniamínovna, mujeres a las que Masha conocía y otras a las que no y dos hombres barbudos. La directora de la cátedra se comportaba como el personaje principal, pero era Zhenia quien se ocupaba de todo puesto que había sido ella quien había aportado el dinero para el funeral. Una gran suma, trescientos dólares. Todo se dispuso sin Masha y todo se arregló por sí solo, pero nadie le reclamó la llave del apartamento, y ella no la devolvió. Después se celebraron las exequias con una misa de cuerpo presente en la iglesia y se congregó para la ocasión un gentío, cerca de doscientas personas y, al noveno día se hizo una conmemoración en el apartamento de Anna Veniamínovna.

El sobrino, un hombre entrado en años que iba a mudarse al apartamento que acababa de heredar, se mantenía al margen: los amigos y los alumnos de Anna Veniamínovna no lo conocían, y él tampoco los conocía. Masha intuyó con tristeza que Anna Veniamínovna no había tenido vida familiar, solo la enseñanza de la literatura. Y se dio cuenta de repente de que, después de su muerte, aquella vivienda triste y polvorienta había cobrado de golpe un aspecto miserable. Sin duda porque alguien abrió las cortinas que siempre estaban corridas y bajo la luz oblicua de agosto se había hecho visible la pobreza, que ya nada ocultaba. Y parecían pobres la mesa, el sobrino...

Y con todo, en vida de Anna Veniamínovna, aquel destartalado apartamento era lujoso, pensaba Masha, perpleja.

Durante otro mes todavía, hasta el traslado del sobrino, Masha volvía a veces al apartamento, se sentaba en su silla-escalerilla, cogía al azar de la estantería un libro forrado con papel de periódico y leía. Hay que decir que durante el tiempo que duró su relación, un tiempo breve en la escala de una vida humana, Masha había aprendido a leer poesía. A entenderla todavía no, pero a leerla y escucharla, sí. Toda aquella biblioteca debía donarse a la cátedra: era la voluntad de la profesora. Pero Masha tenía su cuaderno con los poemas de Anna Veniamínovna que ella había retenido y anotado al vuelo... También se los sabía de memoria.

Masha ya seguía los cursos de la Escuela de Ingenieros de Caminos, pero todavía no había logrado sobreponerse. Su encuentro con Anna Veniamínovna, como ahora intuía, había sido crucial en su vida. Después de su muerte, nunca tendría un amigo adulto tan sorprendente... La noche del cuadragésimo día[1] fue al apartamento de Anna Veniamínovna y decidió que aquel día devolvería las llaves. Había unas veinte personas. El sobrino había improvisado dos bancos con unas tablas y la gente, bien que mal, se había instalado. Todo el mundo hablaba tan bien de Anna Veniamínovna que a Masha más de una vez se le anegaron los ojos de lágrimas. Había bebido mucho vino y su cara ya de por sí roja se había vuelto púrpura. Esperaba que alguien dijera por fin qué excelente poeta era Anna Veniamínovna, pero nadie lo decía. Entonces, venciendo su timidez y su confusión, únicamente por un acto de justicia póstuma, sacó con las manos húmedas su cuaderno de su mochila nueva de estudiante y, con la cara tan ruborizada que su tez adquirió una tonalidad violeta, dijo:

–Tengo un cuaderno con poemas escritos por Anna Veniamínovna. Nunca los publicó. Y cuando le pregunté por qué, ella me respondió: «Oh, son cosas sin importancia». Pero a mi modo de ver son poemas relevantes. Excelentes incluso, aunque no los publicara.

Y Masha se puso a leer, comenzando por el primer poema, el de la hierba cruel, grisácea y olorosa, después aquel sobre un pajarero dorado en un bosquecillo sobrenatural, y luego otro y otro... No levantaba la mirada, pero cuando leía el más extraordinario de todos, aquel que comenzaba con el verso: «Tu nombre – un pájaro en la mano, / tu nombre – un cubito de hielo sobre la lengua...», sintió que algo iba mal. Se detuvo y alzó los ojos. Alguien hizo un amago de risa. Otro cuchicheaba con el vecino con aire perplejo. Y en general flotaba un auténtico malestar, y la pausa se prolongó

1. En el rito ortodoxo, se celebra el cuadragésimo día después de la muerte con un servicio religioso. (*N. de la T.*)

84

durante demasiado tiempo. Entonces Zhenia, la más simpática de todos, se levantó con una copa de vino:

—Quisiera hacer un brindis. Hoy no hay mucha gente aquí, pero sabemos que Anna Veniamínovna tenía la capacidad de atraer a la gente. Quiero beber por todos aquellos a los que ella ha donado la riqueza de su alma, tanto a los más viejos de sus amigos como a los más jóvenes... Por que nunca olvidemos que lo que ella nos ha dado ha sido muy importante...

Todos se agitaron, se pusieron a discutir un poco si debían brindar o no, algunos hablaban entre ellos todavía perplejos e incluso irritados, y Masha sentía que la desazón generalizada no se había disipado, pero Zhenia continuó su discurso hasta que la gente cambió de tema y pasó a evocar los recuerdos de años lejanos...

El sobrino de Anna Veniamínovna no se encontraba bien, presentó sus disculpas y se marchó después de acordar con Masha que ella fregaría los platos una vez que los invitados se hubieran ido, que dejaría la llave sobre la mesa y cerraría la puerta.

Los invitados se marcharon, solo Masha y Zhenia se quedaron para fregar los platos. Al principio llevaron todas las copas y las tazas a la cocina y las colocaron sobre la mesa. Después Zhenia se sentó a fumar un cigarrillo. Masha también fumaba de vez en cuando, pero nunca en presencia de adultos. Tenía ganas de preguntarle algo a Zhenia, pero no encontraba las palabras para formularle la pregunta. Fue la propia Zhenia quien planteó la cuestión:

—Masha, ¿por qué has decidido que esos poemas eran de Anna Veniamínovna?

—Ella misma me lo dijo —respondió Masha, comprendiendo que todo se iba a esclarecer.

—¿Estás segura?

85

—Por supuesto.

Masha fue a buscar su cartera y cuando se afanaba a sacar el cuaderno se dio cuenta de que los poemas estaban escritos de su puño y letra y que Zhenia no la creería cuando ella le asegurase que eran en verdad de Anna Veniamínovna.

—Yo solo los anoté. Ella me los leyó muchas veces. Los escribió en su juventud... —comenzó a justificarse Masha, estrechando el cuaderno contra el pecho. Pero Zhenia alargó la mano, y Masha le tendió el cuaderno azul en el que había escrito en letras grandes con un rotulador negro: «Poemas de Anna Veniamínovna».

Zhenia hojeó el cuaderno en silencio, sonreía ligeramente, como ante sus viejos y agradables recuerdos.

—Pero son poemas bonitos, ¿no? —murmuró Masha con desesperación—. No están mal del todo...

Zhenia dejó el cuaderno a un lado, lo cerró y dijo:

—«Aquí lo tienes, este cuaderno azul, con los versos que escribía de niña».

—Pero ¿cuál es el problema? —preguntó Masha sin poder contenerse más, y volvió a ruborizarse hasta teñirse de aquel complejo rubor violáceo que, aparte de ella, nadie era capaz de alcanzar.

—Mira, Masha, el primer poema de este cuaderno lo escribió Maksimilián Voloshin; el último, Marina Tsvietáieva. Y los otros también pertenecen a poetas más o menos conocidos. Por eso se trata de algún malentendido. Y Anna Veniamínovna no podía no saberlo. No entendiste bien lo que te dijo...

—¡Le juro que no! —estalló Masha—. ¡Lo entendí bien! Me lo decía ella... Daba a entender que... era ella quien había escrito esos versos.

Solo en ese instante comprendió hasta qué punto había

parecido idiota delante de toda esa gente cultivada cuando se había lanzado a leer los poemas... Se precipitó al cuarto de baño y prorrumpió en sollozos. Zhenia trataba de consolarla, pero Masha había echado el pestillo y no quería ni oír hablar de salir.

Zhenia fregó todos los platos, luego llamó a la puerta del cuarto de baño. Masha salió con la cara tan hinchada como la de un ahogado, y Zhenia le rodeó la espalda con el brazo.

–No te lo tomes tan a pecho. Ni yo misma entiendo por qué lo ha hecho. ¿Sabes?, Anna Veniamínovna era una persona complicada, con grandes ambiciones y, en cierto sentido, no se sentía realizada. ¿Entiendes?

–Pero ¡si no lloro por eso! Ella fue la primera intelectual que conocí en mi vida... Me hizo descubrir todo un universo nuevo... Y me ha tomado el pelo... ¡Se ha reído de mí!

No, Masha no dejará nunca su escuela ni cambiará su trabajo de ingeniero por una carrera humanística. Y la pobre Masha nunca comprenderá por qué aquella dama de tan vasta cultura le jugó tan mala pasada. No lo comprenderá la directora de cátedra, ni el sobrino ni los otros invitados del cuadragésimo día. Todos se quedarán plenamente convencidos de que aquella hija de ingenieros técnicos de cara burda y piernas gordas es una completa idiota que malinterpretó a Anna Veniamínovna y le atribuyó algo que nunca habría podido pasar por la mente de una profesora tan refinada...

Zhenia se dirigía hacia el metro cruzando el parque donde la pequeña e infeliz Masha había conocido un día a una ilustre señora que había enseñado literatura rusa durante cincuenta años, e intentaba comprender por qué Anna

Veniamínovna había hecho eso. ¿Acaso había querido sentir, aunque solo fuera por una vez en la vida, lo que experimenta un gran poeta o el más insignificante grafómano cuando lee sus versos ante el público y siente las emociones que inspira a los corazones sensibles e ingenuos? Aunque ahora ya nadie lo sabría.

UNA BUENA OCASIÓN

Justo a principios de los años noventa del siglo pasado, cuyo fin fue celebrado con una pompa indecente y difícilmente explicable, muchas personas del medio intelectual atravesaban grandes dificultades, ligadas al derrumbamiento de tres ballenas o elefantes, o tres «fuentes», tres «componentes» de una vida más o menos bien organizada. La dogmática se agrietó tanto que incluso la Santa Trinidad se tambaleó. Y muchas personas comenzaron a irse a pique. Si algunos se ahogaron, otros, en cambio, aprendieron a nadar, y también hubo los que supieron orientarse en un mundo tambaleante y como buques surcaron los grandes mares.

Zhenia traicionó la ciencia académica, mandó a freír espárragos una monografía, la tesis de doctorado quedó sin defender y se pasó a la televisión. Al principio había trabajado con éxito en un programa pedagógico sobre lenguas extranjeras; al cabo de un año se dio cuenta de que aquellos programas educativos le salían como churros, y se puso a redactar textos para documentales, no peor que otros. Tal vez incluso mejor. Había hecho contactos a todos los niveles. Y después de realizar un magnífico documental sobre un director georgiano que había conocido bien en su juventud, recibió una proposición brillante. De una naturaleza delicada. Y no por un canal oficial, sino así, a través de amigos. A decir verdad, para obtener un trabajo parecido, hacía falta ofrecer a cambio algo más. Pero otros guionistas que habrían ofrecido a cambio aquel algo más no hablaban lenguas extranjeras. Y para ese trabajo era preciso dominar una de las tres lenguas europeas: el alemán, el francés o por lo menos el inglés. Zhenia hablaba perfectamente el alemán y más o menos el inglés.

El encargo venía de Suiza y el director que se disponía a rodar una película de naturaleza delicada era, naturalmente, suizo. Para escribir el guión necesitaba una guionista que manejara alguna de las lenguas accesibles para él, que fuera de trato fácil y obligatoriamente rusa. La delicadeza del asunto residía en que la película versaba sobre las prostitutas rusas en Suiza.

Aquel director suizo llamado Michel, en virtud de la incorregible ingenuidad suiza, había dirigido una carta oficial a la televisión, donde había cundido el pánico entre la dirección. Después de correr de un lado para otro y asesorarse, habían respondido con una negativa. Algunos colegas más experimentados le explicaron a aquel suizo ingenuo que no era así como se hacían las cosas, y por medio de la embajada encontró contactos del ámbito de la cultura que, a su vez, recurrieron a sus propios contactos hasta que todo convergió en Zhenia. El director voló a Moscú junto con su productor, invitaron a Zhenia al Metropol, donde él estaba alojado, y allí, en el curso de una larga comida, discutieron de todo el asunto en lengua suiza, que en ese caso concreto era el alemán...

Hay que decir que Zhenia no sabía gran cosa sobre la vida de las prostitutas rusas y aún menos de las representantes de aquella peligrosa profesión en el extranjero. Michel resultó ser un auténtico poeta que cantaba las excelencias de las putas, las pelanduscas y las rameras de todos los países y de todos los pueblos. Daba la impresión de que se había enamorado de ellas desde muy joven en tanto que cliente. Por lo demás, él no lo ocultaba.

–Con las mujeres de otro medio las cosas nunca resultan –se lamentaba Michel.

–¡Si ni siquiera lo has probado! –replicó el taciturno productor, con una brillante calvicie rosa que se recortaba cuidadosamente en medio de una tupida cabellera morena.

–Lo he probado, Leo, lo he probado, ¡y tú bien que lo sabes! –le respondió Michel con un gesto de desdén.

Estaba tan entusiasmado por el tema que la conversación no giraba en torno a los problemas de trabajo que Zhenia tendría que resolver.

–¡Las chicas rusas son las mejores! –declaró a Zhenia–. Esa dulzura eslava, esa feminidad serena. Los cabellos color ceniza... Las escandinavas no los tienen así, son sencillamente incoloros, ni las anglosajonas rubias. El problema es que ninguna rusa domina suficientemente las lenguas extranjeras y para que mi documental salga bien es preciso hacerlas hablar. Sus vidas, sus anécdotas particulares, todo... A mí, en cambio, me cuentan sus historias de modo estandarizado. Pero ¡qué chicas! ¡Cada una es un diamante! ¿Entiendes qué espero de ti?

Chasqueó los dedos, lanzó besos al aire, incluso movió un poco las orejas. En general, era extraordinariamente simpático, y además ese entusiasmo sincero por su trabajo le embellecía.

Zhenia ya había tenido ocasión antes de trabajar con extranjeros y se había forjado ciertos estereotipos del inglés oficial, del francés amable y del alemán simplón. Aquel suizo era bastante francés, con sus ojos azules y su tez bronceada de esquiador. Se parecía a Alain Delon. De él emanaba una energía alegre y un poco estúpida.

–Por ahora no comprendo –observó con delicadeza Zhenia–, pero en general capto las cosas deprisa.

–Te enseñaré mis películas y comprenderás lo que me hace falta. Leo, ponte de acuerdo con Mosfilm para que te dejen una sala y enséñale a Zhenia nuestra producción.

De hecho, ya había rodado varias películas sobre prostitutas. La primera sobre chicas de origen africano, luego otra sobre chinas que combinaban la acrobacia con la profesión más antigua del mundo, y acababa de pasar seis meses en Japón, donde había cosechado un fracaso profesional: su película sobre las geishas había salido bien, pero al final había estallado un escándalo considerable y los japoneses le habían confiscado la película.

–Bueno, te explico lo que necesito: la historia de cada chica. Su historia real. A mí no me la cuentan. Con ellas tengo cierto tipo de relación y a mí no me lo contarían todo. Las chicas tienen sus principios. Me hace falta, primero, la historia real, y segundo, tantearlas para ver si tienen un chulo. Para mí es muy importante. Sobre qué se basa todo, si es solo por dinero o bien por un lazo afectivo. Y también su vida personal. Es lo más importante para mí: la vida privada de una prostituta.

Así Zhenia fue contratada para investigar la vida privada de las prostitutas rusas que trabajaban en el extranjero. Se decidió hacer coincidir la investigación con el inicio del mes de mayo, la fiesta del Trabajo, cuando todo el mundo hace vacaciones, mientras que las prostitutas tienen que batirse el cobre. Bueno, así es en Rusia. ¿Y ellos? Zhenia cogió una semana de sus vacaciones. Le habían prometido que el visado suizo estaría listo en dos días.

En casa Zhenia no anunció su viaje hasta que recibió el

billete. El marido se limitó a resoplar al enterarse del objetivo de aquella misión en el extranjero. Pero sus hijos se divirtieron de lo lindo: la advirtieron de ciertos peligros, le dieron consejos útiles para todas las circunstancias de la vida y le gastaron bromas bastante atrevidas. Zhenia estaba contenta de comprobar que la relación con sus hijos se parecía poco a la que ella tenía con sus padres, en cuya presencia ni siquiera podía pronunciar la palabra «prostituta».

El avión despegó con una hora de retraso, y por eso Zhenia comenzó a inquietarse durante el viaje: ¿y si no había nadie esperándola? El productor, Leo, que iba a recogerla, también llegó con un retraso de hora y media. Precisamente porque el avión llegaba con retraso, le explicó a Zhenia. Tenía una prisa tremenda: debía volver inmediatamente al aeropuerto para recibir a su mujer bailarina que regresaba de la India después de haber seguido unos cursos de la danza del país durante seis meses. Pero su avión también llevaba retraso, un retraso que se añadía al ya anunciado. Según el horario, tendría que haber aterrizado dos horas antes que el de Zhenia...

Todo generaba desconcierto en Zhenia: el baluarte de la fiabilidad y el conservadurismo europeos se había tambaleado: los horarios no eran respetados y las esposas de hombres decorosos se dedicaban a bailar danzas indias... Era ya bastante tarde y, por mucho que Zhenia girase la cabeza, desde la ventanilla del coche no se veía nada. Lo primero que atisbó fue un enano de jardín del tamaño de un perro no demasiado grande, plantado con una actitud de portero junto a una puerta maciza que al lado del enano parecía gigantesca. Leo llamó al timbre. Esperaron algunos minutos. Finalmente una vieja señora arrugada con una dentadura nueva entre sus viejos labios abrió la pesada puerta:

—¡Pasen!

–Zúrich es una ciudad de locos. Aquí, en los subterráneos hay tanto oro que se podría asfaltar con él todas las calles municipales. ¡Y una taza de té cuesta cinco dólares! Por eso solemos alquilar habitaciones en esta pensión para nuestros colaboradores. Ya lo verás mañana... –dijo Leo empujando su maleta a través del umbral–. Michel vendrá más tarde, llega hoy de París y tiene la intención de trabajar contigo esta tarde...

Zhenia ni siquiera tuvo tiempo de preguntarle: «¿Cómo dices? ¿Esta noche?».

La habitación era pequeña, estaba limpia, y tenía una cama grande al pie de la cual había una lámpara monstruosa, de nuevo con un enano de jardín. Encontró un segundo enano en el lavabo, agazapado en una repisa delante del espejo, lo que duplicaba su encanto.

Zhenia se aseó y colgó en el armario tres trajes; uno de ellos, el más elegante, se lo había pedido prestado a una amiga. En aquella habitación había además una cocina minúscula, más bien un rincón con un hornillo y un fregadero. Eran casi las once, y de Michel ni rastro, así que decidió tomar una taza de té y acostarse enseguida. Fue entonces cuando sonó el teléfono. Descolgó el auricular. Era Michel:

–Baja, Zhenia. Iremos a cenar y después a trabajar.

La estaba esperando abajo, se lanzó a besarla, como un viejo amigo después de una larga separación. Emanaba de él una fragancia de perfume o de flores. El olor de la riqueza, pensó Zhenia. Su ánimo y alegría eran sinceros.

La hizo subir a un coche bajo y arrancó. Alguna cosa había cambiado en él desde su último encuentro en Moscú, pero Zhenia no lograba distinguir qué exactamente. En el pequeño restaurante todos los camareros le saludaron como a un viejo conocido. Y cuando se sentaron a una mesa el propietario se acercó y se besaron. El propietario hablaba en francés. Zhenia adivinó que hablaban de comida. Cuando se fue, Michel le dijo:

–El propietario es parisino. Hace más de treinta años que vive en Zúrich. Y tiene tanta nostalgia... Yo detesto Suiza. Es un lugar donde no hay amor. De ninguna de las maneras. Y nunca lo ha habido. Un país de sordos y de mudos. Ya lo verás... –Y sus ojos brillaron con un fulgor negro espejeante.

¡Pues claro! En Moscú tenía los ojos azules. Y ahora eran negros... Pero ¡es imposible! ¿O es que me he vuelto loca? Pero seguro que eran azules. Bueno, haré como que no estoy viviendo en primera persona, sino viendo una película, decidió Zhenia.

Zhenia tomó una ensalada con champiñones e hígado de pato. Dentro había otros ingredientes irreconocibles. El sabor era indescriptible. Michel había pedido varios platos, pero no había probado ninguno de ellos. Obligó a Zhenia a pedir postre diciéndole que allí los hacían fabulosos. Lo eran, en efecto, pero no se sabía ni por asomo de qué estaban hechos.

–Tendrás que cambiarte de ropa –dijo Michel levantando la solapa de su chaqueta. Era un traje italiano, muy conveniente según el criterio de Zhenia, y de color marrón–. ¿Has traído vestidos de noche?

Zhenia sacudió la cabeza.

–No me habías advertido...

Ella no tenía ropa de ese tipo. ¿Qué habría hecho con ella en Moscú? Michel la abrazó con ternura.

–Eres un encanto, Zhenia. Cómo os quiero a las rusas. Te encontraremos algo...

Volvieron a subirse al coche y se dirigieron a alguna parte. Zhenia no preguntaba nada: que pasara lo que tuviera que pasar.

Michel la llevó a un gran apartamento decorado con esculturas africanas y objetos metálicos de aspecto extraño. –¿Te gusta? Descubrí a este artista en Montenegro. Es un herrero de pueblo. Completamente chiflado. Lleva la misma ropa hasta que se le hace jirones. Y él forja sus maravillas solo por las noches. En un viejo molino. Un portento balcánico, ¿verdad?

El sueño continuaba, y no se podía decir que no fuera particularmente agradable: interesante, pero angustioso. Michel condujo a Zhenia a las profundidades del apartamento, abrió la puerta de una habitación sin ventana, con una pared alta revestida de espejos y corrió una parte: había ropa colgada en perchas, como en una tienda.

«El vestidor», intuyó Zhenia.

–Esperanza, mi mujer, está en una clínica desde hace seis meses. Esta es su ropa. Le cogeremos alguna cosa. –Con un gesto afectuoso revisó la ropa colgada y sacó algo de color azul–. Ella tiene la talla treinta y ocho y tú..., tú debes de tener la cuarenta y dos. Pero a ella le gustaban mucho los vestidos anchos...Toma –añadió él, descolgando de la percha la prenda azul–. Es de Balenciaga. Pruébatelo.

Zhenia se sacó la chaqueta y la falda, todo era normal, él se comportaba como un profesional, la observaba con interés, pero como un amigo. Se puso aquella túnica azul, considerando que una diferencia de edad de quince años autorizaba aquel grado de libertad.

–Perfecto –aprobó Michel, y miró el reloj–. Vámonos...

Esta vez Zhenia tampoco preguntó nada: en Moscú él no había hablado ni de su mujer, ni de la clínica, solo de prostitutas... Ella ni siquiera sabía que estaba casado. Y una vez más Zhenia pensó: ¿era yo la que esta mañana cocía las gachas en mi apartamento de la calle Butírskaya?

–No está lejos.

El trayecto en coche duró unos diez minutos. Luego se detuvieron. Michel se frotó el entrecejo.

–No recuerdo si te lo dije... Mira, en Suiza la prostitución está prohibida. Hay clubs nocturnos, cabarets, bares donde trabajan las chicas. Existen establecimientos especializados, clubs de striptease. La mayoría de las prostitutas que vienen a trabajar aquí entran con visados artísticos, como actrices de cabaret. Strippers, ¿comprendes? Este tipo de clubs está abierto generalmente hasta las tres. La chica puede ponerse de acuerdo con el cliente «para después». Es un asunto personal suyo, y ella no paga impuestos siempre que nadie lo denuncie. Hay rusas que se encuentran en una situación muy difícil: la mayoría de ellas depende de la mafia rusa. Es decir que la mafia les saca casi todo lo que ganan. Y es prácticamente imposible escapar de ella. Me gustaría ayudarlas de alguna manera. Su situación es peligrosa. Para ellas sería mejor si la prostitución se legalizara... Cuanto más informada esté la sociedad, más fácil les resultará trabajar. Aquí tengo una conocida rusa, Tamara. Si está libre después de su número, charlarás con ella...

Michel era conocido en todas partes: el portero de la entrada le hizo un gesto con la mano y le dijo algo en voz baja. Michel le respondió y los dos se echaron a reír. A Zhenia le pareció que se reían a su costa. Lo cierto es que ella era en aquel lugar como un samovar de Tula, un artículo de importación que alguien hubiese plantado allí...

Penetraron en una sala en penumbra de techo bajo, con pequeñas mesas dispuestas formando un círculo: en el centro había una especie de pista circular y una escalerilla decorada con guirnaldas que bajaba del techo. La música era medio oriental, extraña. No había demasiada gente, la mitad de las mesas estaban vacías. Algunas estaban ocupadas por chicas sin clientes. Parecía que hablasen entre ellas.

Una de ellas, asiática, hizo una señal con la cabeza a Michel. Otra, de piel negra, se acercó a la mesita. Michel preguntó por Tamara la rusa. La otra asintió.

De hecho, Tamara estaba ocupada con un cliente. Acababa de realizar su número, y un asiduo del establecimiento la había invitado a tomar una copa. Estaban sentados a una mesa. Zhenia observó desde lejos a la joven rusa: estaba sentada de lado, como una amazona sobre su caballo. Sus piernas delgadas y brillantes relucían como si estuvieran barnizadas. O bien eran unas medias especiales o bien estaban untadas de crema, Zhenia no lo comprendía demasiado bien.

Michel pidió vino. No devolvió la carta al camarero sino que se la mostró a Zhenia:

−¿Has visto los precios?

Pero Zhenia no se orientaba bien con la moneda extranjera, entonces Michel se lo explicó: una gran parte de los ingresos del establecimiento procedían de las consumiciones, que allí vendían diez veces más caras que el precio normal. Una botella de champán mediocre costaba cerca de trescientos dólares. En aquel club la entrada no era de pago, pero la consumición era obligatoria. Con la primera copa de vino, el cliente pagaba su entrada. En aquel establecimiento, trabajaban dos categorías de chicas: las que realizaban un número y las figurantes.

−¡Mira! −dijo Michel, señalando la pista iluminada por haces de luz−. Ahora empezará un número. Yo tampoco lo he visto nunca. Aquí antes había un trapecio.

Dos chicas altas salieron al son de la música, una con un bañador rojo y un impermeable largo y transparente; la otra llevaba la misma ropa, pero en negro.

−Son transexuales. Tienes suerte. Es un striptease excelente. He oído hablar de ellos. Son argentinos.

–¿Quieres decir que son hombres? –exclamó, sorprendida, Zhenia, que se había quedado un poco rezagada con respecto a los tiempos que corrían.

–Eran hombres –explicó Michel–. Pero ahora, sin duda, son mujeres. Y gozan de su naturaleza femenina de manera diferente a las mujeres auténticas. Lo verás con tus propios ojos.

Los transexuales se pusieron a balancear la escalera y a mecerse con ella, después entrelazaron sus brazos y sus piernas formando una figura complicada y se quedaron suspendidos en los peldaños. Sus capas ondeaban, sus cabelleras ondulaban suavemente al ritmo del lento vaivén. Poco a poco empezaron a subir, consiguiendo mantener sus brazos y piernas intrincadamente entrelazados. Después sus capas transparentes cayeron desde arriba. Una vez allí, en lo alto, se separaron y comenzaron a desvestirse mutuamente con fogosidad –los sujetadores, los portaligas, las bragas–, dejando al descubierto exuberantes tatuajes en las partes más íntimas. Después, una vez en cueros, se deslizaron por la escalera moviendo los pechos, el abdomen y las nalgas. Zhenia era todo ojos, las observaba tratando de descubrir un atisbo de su anterior sexo. A decir verdad, solo uno de los dos tenía las manos demasiado grandes para ser una chica.

–Michel, ¿cómo has adivinado tan rápido que eran transexuales? ¿Hay alguna señal especial? –preguntó Zhenia en voz baja, y Michel se lanzó a dar explicaciones con entusiasmo:

–Hay señales muy evidentes. Mira bien el tamaño de los pies y de las manos, eso no se puede cambiar. Después el relieve de los músculos de la espalda, es difícil de eliminar. Pero lo más importante es el talle. Los hombres tienen una caja torácica cilíndrica, no se estrecha en el talle, mientras que la de las mujeres es cónica. Esta es una de las señales más seguras. Y mira también el cuello, a veces se ve la nuez, esto tampoco se elimina con cirugía. Hice una película sobre transexuales: aumentar los pechos y las nalgas no es problema para los cirujanos. Existen geles especiales para rellenar. Ya te lo contaré más tarde. Aquí está Tamara.

Se estaba acercando, con una sonrisa absurda en los labios, una chica frágil con paso indeciso. Michel se levantó, se besaron, y él le presentó a Zhenia.

–Una amiga de Moscú. Le he hablado de ti y quería conocerte. Se llama Zhenia.

Zhenia miraba a Tamara con los ojos muy abiertos. Tenía un físico conmovedor: una boca infantil, los ojos redondos, el pelo recogido en un moño sobre la coronilla y unas pequeñas orejas rosas que asomaban de manera graciosa a ambos lados de su pequeña cabeza. Hacía tiempo que había dejado atrás los dieciocho años, pero conservaba una expresión pueril.

–¿Del mismo Moscú? ¿De verdad? Vaya, yo no he estado en mi vida. He estado en Helsinki, en Estocolmo, en París también. Pero en Moscú nunca he estado. Soy de Járkov. ¿Lo conoce?

Tenía un acento ucraniano muy marcado.

–¿Quieres una copa, Tamara? –le preguntó Michel.

–No, ahora no. Pero pídeme algo de todos modos, ¿de acuerdo? –Se dirigió a Zhenia–: ¿Se quedará aquí mucho tiempo? ¿Viene por trabajo o porque sí?

–Estoy de visita por unos diez días. He venido a ver cómo vivís aquí –sonrió Zhenia, y pareció como si le guiñara un ojo. En cualquier caso, hizo un movimiento con los ojos, que le pasó desapercibido a Michel, como diciendo: entre nosotras, mujeres.

El movimiento tuvo un efecto mágico, Tamara se puso a cotorrear en ruso:

—¿Por qué no te quedas? Tú hablas la lengua y todavía no eres vieja. Si obtienes el permiso de trabajo, puedes ponerte manos a la obra. Hay una chica de Járkov aquí, trabaja como asistenta y así mantiene en su país a dos familias; su hijo se ha comprado un coche. Los suizos pagan bien. A nosotras, claro, menos, pero tampoco nos va mal. Si no tienes que aflojar la mosca. ¿A él lo conoces hace tiempo? Habla con él, pregúntale. Es un tipo raro, pero ayuda a todo el mundo. ¿Verdad, Michel? —Y añadió en alemán—: Digo que eres buen chico, ¿no es cierto?

Ella le acarició el cuello bronceado con la punta de su dedo fino. Él le besó la mano.

La extraña sensación de un sueño que se prolonga al infinito no abandonaba a Zhenia: era interesante, pero ahora tenía ganas de despertarse.

—¿Y tú hace mucho que estás aquí?

—Medio año. Antes trabajaba en Finlandia. Pero estaré aquí hasta el otoño. En otoño me iré. Tengo un novio suizo, banquero, así que terminaré mi contrato ¡y basta! —Tamara esbozó una sonrisa triunfante, sacudió la cabeza y el moño se le deshizo. Se bebió su copa de champán e hizo un gesto de desdén en dirección a Michel—: Pídeme otra.

Michel se levantó.

—Voy a pedirla al bar.

Las dejó solas, para darles más libertad.

—Vaya, has tenido suerte de haber encontrado novio —la felicitó Zhenia—. ¿Es simpático?

—Es un suizo, ya te lo he dicho. Todos los suizos son simpáticos. Todos son ricos, tacaños, les gusta la limpieza. Son estúpidos, no comprenden nada de la vida, pero ganan dinero. Yo he tenido suerte. El mío no es de una familia cualquiera; su abuelo trabajaba en la banca. Y no es tacaño. –Alargó hacia delante la mano extendida, en el dedo corazón brillaba un anillo–: ¿Lo ves? ¡Me lo ha regalado!

–¿Y en tu casa saben que te vas a casar aquí? –preguntó Zhenia, echando el anzuelo hacia el pasado ucraniano de la chica.

–¿En casa? Pero ¿qué dices? ¿Dónde está mi casa...? Hace diez años que me fui de casa. Todavía no había cumplido los catorce.

–¿Te fuiste con catorce años? ¿Tenías problemas con tus padres?

–¡Problemas! –dijo la chica, riéndose sarcásticamente–. Mi madre era un tesoro. Y papá era capitán, llevaba un uniforme blanco y una gorra con su insignia...

Se detuvo en seco, alguna idea comenzó a dar vueltas por su cabecita.

–Vivíamos en Sebastopol por aquel entonces. Hubo una explosión en el barco, mi padre murió. Yo todavía era pequeña. Mamá era una mujer muy guapa, se volvió a casar al cabo de un año. Y un padrastro es un padrastro, ya entiendes lo que te quiero decir... Era un canalla. Me cascaba sin motivo. Me ataba a la cama. Mamá estaba trabajando. En presencia de ella, se comportaba de modo más o menos normal, pero en cuanto se iba, se lanzaba sobre mí. Una auténtica bestia. Un sádico. Yo no me quejaba a mamá, ella me daba pena. Cuando crecí, comenzó a molestarme. Apenas se emborrachaba, me ponía las manos encima. Me violó y yo me escapé de casa. ¡Y tú me preguntas por mi casa!

–Pobre niña... Cuánto has sufrido –se compadeció Zhenia.

Tamara se llamaba Zina, y efectivamente las había pasado canutas. Ni siquiera era de Járkov, sino de Rubezhnoe, una ciudad industrial de la región, con una fábrica química, y su mamá no era un tesoro, sino una obrera, una madre soltera que empinaba el codo; el padre del uniforme blanco era un producto de su imaginación, lo mismo que el padrastro que la había violado de niña, pero todo aquello Zhenia no lo sabría hasta dos días más tarde, cuando paseó con Tamara a la orilla del río Limmat.

—Sí, me han pasado tantas cosas. Viví en casa de una tía en Briansk. Trabajé, estudié. Conocí a un chico. Rico, guapo. Nos queríamos. Habíamos decidido casarnos. Ya habíamos hecho la solicitud. Él me compró un vestido blanco, un anillo, todo lo que hacía falta. Una boda para cien personas. Solo en las flores se había gastado mil dólares... Y la mañana de la boda le dispararon en su coche, lo mataron junto con su chófer y su guardaespaldas.

Tamara se enjugó una lagrimita del rabillo del ojo. Se arregló el pelo, y sus orejitas redondas de ratón volvieron a ser visibles. Tenía los dedos de las manos cortos, con largas uñas postizas. No era tan joven, pero las pequeñas arrugas embadurnadas de maquillaje alrededor de sus ojos hacían que su aspecto infantil fuera aún más conmovedor... Zhenia sintió que el corazón se le encogía de la pena: tenía casi treinta años y continuaba jugando a los cuentos de hadas...

—Tengo una amiga en Zúrich que es de Moscú, Liuda. Antes también trabajaba en nuestro mismo negocio, no en nuestro club sino en el Venecia. Pues bien, ya hace dos años que se casó. Su marido es banquero, ella viaja con él. Tienen dos casas en Zúrich y otra en Milán. Hay que decir que Liuda es una chica de categoría, habla cuatro lenguas, sabe de todo, puede hablar de música, de pintura, de todo lo que tú quieras... El año pasado volvió a su casa en Moscú. Eso es algo que ninguna de nosotras se puede permitir.

—¿Por qué? ¿Tan caro es? —preguntó Zhenia, y Tamara se echó a reír ante aquella pregunta tan estúpida.

—¿Qué tiene que ver el precio aquí? Claro que es caro. ¡Y peligroso! ¿Y si no nos dejan volver? Aquí aún vamos tirando más o menos. Dos mil por el apartamento. Nuestros vestidos son carísimos, cada braguita vale unos cien, un sujetador más de trescientos. Te compras la crema, el champú y ya está, ya no te queda dinero para comer. –Se dio cuenta de que había metido la pata, abrió los dedos–. Bueno, a mí las cosas no me van nada mal, claro. Incluso antes de Franz, mi novio, tenía mis clientes... Yo por cien francos no me iba, ganaba mil dólares la noche. Pero en general no es nada fácil vivir aquí...

–¿Nunca has pensado en volver? –preguntó Zhenia, soltando de nuevo una majadería, y Tamara se puso a reír tan fuerte que la pareja sentada a su lado se volvió.

–¿Estás loca o qué? ¿Qué haría allí? ¿Buscar clientes en las estaciones? ¡Aquí tengo una profesión, un negocio, trabajo en un cabaret! Allí pasarán mil años antes de que pueda vivir como esta gente civilizada. Y tal vez no suceda jamás...

Hacía ya rato que les habían puesto el champán en la mesa. Tamara se había bebido su copa maquinalmente, sin darse cuenta.

«Una alcohólica en ciernes», intuyó Zhenia.

Michel estaba sentado en el bar con la marroquí que había ido a llamar a Tamara al principio. La marroquí era una auténtica belleza. Zhenia intercambió una mirada con Michel, y Tamara la captó.

–Aquí hay de todos los tipos, negras, asiáticas... Al principio, una amiga y yo compartíamos alquiler con dos negras. ¡No te imaginas qué clase de gente, no hay palabras! ¡Comían carne cruda! Luego, una se murió. Y la otra se mudó. Después cogimos a chicas de nuestro país... –Se detuvo en seco–. Eso fue hace mucho tiempo, ahora tengo mi propio apartamento...

El vigilante de la puerta le hizo una señal. Ella se estremeció en la silla.

–Bueno, pásate a verme. Pídele mi teléfono a Michel. Si quieres, iremos a pasear de día. Te enseñaré Zúrich... El vigilante le volvió a hacer una señal, y ella se dirigió a la entrada. Allí la esperaba un hombre con un impermeable negro.

El día siguiente fue una mañana totalmente perdida: Zhenia tenía dolor de cabeza, y ninguna de sus pastillas de siempre surtieron efecto. Se quedó acostada hasta las dos. Después la llamó Leo por teléfono y le dijo que se pasaría enseguida. Zhenia, que se había preparado para salir a la ciudad, le esperó durante dos horas antes de que apareciese. Le llevó un sobre con dinero para sus gastos.

A las once de la noche emprendieron el mismo recorrido: restaurante, striptease, cabaret. Esta vez además Michel la llevó a un restaurante caro discutiendo durante el trayecto sobre las sutiles diferencias entre la riqueza francesa, la riqueza suiza y la riqueza alemana. La suiza era la más obtusa. En general, no era patriota, echaba pestes de su país casi sin interrupción, y Zhenia se preguntaba sorprendida por qué él, un artista libre, no se iba a otra parte, pero de momento no abordó la cuestión...

Lada, del bar XL, fue el principal objeto de estudio de Zhenia durante la primera mitad de la noche. Entrada en carnes, con un gran pecho un poco cansado, parecía una enfermera, una institutriz o una peluquera. Y también una camarera de la cantina de una fábrica, una vendedora de una buena tienda de comestibles o la empleada de una tintorería. Y al mismo tiempo se parecía a todas las estrellas soviéticas de la posguerra, desde Serova hasta Tselikovskaya. Pelo oxigenado, pintalabios brillante y un alma generosa...

–Hola, Lada. Soy de Moscú. Michel me ha hablado de

ti. Dice que conoces la vida de aquí mejor que nadie, que no se te escapa nada —dijo Zhenia para entablar conversación.

—Aquí a ninguna se nos escapa nada —sonrió Lada, borrando rápidamente la sonrisa—. Y si se te escapa algo lo llevas claro. ¿Entiendes lo que te quiero decir?

—¿Hace mucho que estás aquí? —Fea pregunta, pero inevitable.

—Tres años. Antes trabajaba en Berlín occidental.

—¿Y dónde se está mejor?

—Aquí, ¡no hay comparación que valga! Desde el punto de vista material y desde todos los demás... Un alemán borracho es un cliente difícil. En cambio aquí se puede decir que prácticamente no beben. La gente aquí es más decente. Los extranjeros son chusma, en todas partes son igual. Pero en Zúrich no hay muchos. La vida es cara, por tanto no abunda la chusma. Estoy contenta aquí —declaró con la dignidad de una maestra de provincias.

—¿No piensas volver a tu casa? —se interesó Zhenia.

—Antes lo pensaba. Pero ahora las cosas se han resuelto de otra manera. Me voy a casar.

Una sonrisa discreta, contenida.

—¿Ah, sí? ¿Con un suizo? —preguntó Zhenia, contenta.

—Con un banquero. Un tipo acomodado, no un crío. Y lo más importante: es de una buena familia de la región, son banqueros desde hace tres generaciones. Incluso su bisabuelo... —Zhenia ya había escuchado eso antes...

—¿Mucho mayor que tú?

—Cuarenta y dos. Pero nunca se ha casado. Yo tengo treinta y cuatro. Es hora de sentar la cabeza —dijo, sonriendo con la boca roja. Su carmín de labios brillaba como una superficie lisa, sin la menor grieta, debía de ser una marca especial—. Quiero tener un hijo. A Hans le gustan los niños.

–Pero ¿cómo fuiste a parar al extranjero? –se lanzó Zhenia al ataque.

–Es una larga historia –dijo Lada, con una sonrisa misteriosa. Sonreía después de cada palabra. Sonreía todo el tiempo. Era una especie de tic nervioso–. Después de la muerte de mi novio, un amigo suyo me echó una mano. Me fui pronto de casa, a los catorce años. Trabajé, estudié. Conocí a un hombre, como en las novelas. Rico, guapo, músico. Formaba parte de un grupo, tocaban por todo el país. Y, la víspera de la boda, imagínatelo: lo mataron. Tal vez lo leyeras en los periódicos, fue una noticia muy comentada. Al chófer también lo abatieron a tiros. Cuando me lo dijeron, me vine abajo; pasé dos meses en el hospital. Intenté suicidarme. Pero uno de sus amigos me ayudó, me contrató en su grupo como bailarina y me fui de gira con ellos. Y me escapé... –Sonrió de nuevo con esa sonrisa idiota que pretendía ser misteriosa.

–¡Pobrecita, cuánto has tenido que sufrir! –dijo Zhenia, compadeciéndola–. Seguro que no ves a tus padres desde hace muchos años...

–¿Mis padres? Papá era capitán de marina. Si pasas a verme, no vivo lejos de aquí, te enseñaré una fotografía, estaba imponente con su uniforme de gala blanco. Murió joven, en una explosión. Y mamá, indefensa, malcriada, ya me entiendes, la esposa de un capitán de la marina... Se casó con su ayudante, que era un cerdo y me daba palizas, me maltrataba de todas las maneras. Y cuando crecí, me violó. Me fui de casa. Ahora no quiero ni pensarlo... Pero, ya ves, todo ha acabado bien. En cambio, mi madre se murió cuando me escapé. Así que ya no me queda nada en Vólogda. Nada de nada.

Michel viene y va, paga las consumiciones. Todo el mundo está contento. Zhenia abre un segundo paquete de cigarrillos. Mañana volverá a tener dolor de cabeza...

–Cuando Hans y yo nos casemos, montaremos un negocio... Yo abriría un pequeño club, pero en un buen barrio. Lo llamaré El Club Ruso. ¿Por qué no? Este barrio no es demasiado... Me gustaría traerme yo misma a las chicas de Rusia. Ahora es más fácil obtener visados –se animó de repente–. Hay una chica de Moscú aquí, Liuda, la conozco un poco, no somos demasiado íntimas. Es amiga de una amiga mía. Hace dos años que dejó el striptease, se casó con un banquero y ahora le va de maravilla.

Una bolita en el extremo de una cadena de oro se pierde entre sus dos senos. Lada la saca y la vuelve a poner en su sitio.

–Es el reloj que me regaló Hans... Dentro de veinte minutos hago mi número. Tienes que verlo, te encantará. Hay toda una puesta en escena, no es solo quitarse la ropa. Bueno, hago mi trabajo y vuelvo... –Una sonrisa en primer plano.

Striptease desnudo, es decir sin accesorios, striptease con accesorios, striptease en pareja, femenino, masculino y, por último, las «sesiones», cuando un buen cliente tiene derecho a una demostración personal, de principio a fin, por un precio especial.

Lada se exhibe con una silla. La silla es su pareja sexual. Ella la acaricia, la lame. Una lengua enorme, roja, cubierta de aros o de cascabeles de plata... Da la impresión de que es la silla la que le quita los guantes, las ligas, las bragas. En el ombligo lleva una esmeralda artificial de cuarenta quilates. Lada se entrega a su adorada silla con toda la fogosidad del fervor artístico.

Aplausos. Lada es invitada a tomar una copa. Lada es invitada a bailar. Lada está en buena forma hoy, dice Michel.

–¡Ha hecho un trabajo estupendo esta noche! Tendríamos que haberla filmado. Es una actriz con mucha experiencia, no se siente intimidada por las cámaras.

¡Ah! Eso quiere decir que algunas sí. Interesante. Una sala llena de hombres y ella no se siente intimidada... Después del número, transcurrió una hora y media antes de que Lada fuera a buscar a Zhenia.

–Bueno, ¿te ha gustado?

–Lada, ¡es genial! ¡El mejor striptease que he visto en mi vida!

Zhenia había visto dos en su vida: el de ayer y el de hoy. Y el de la víspera tampoco había estado mal. De nuevo estaban sentadas a una mesa, machacando con la misma historia: el papá capitán, el padrastro violador, el novio... Qué extraño, era la misma historia contada por segunda vez.

Y Lada se llama Olga. Es de Ivanov. Hizo sus estudios de formación profesional. Trabajaba como hilandera. Estuvo seis meses sin cobrar. Se fue a trabajar a San Petersburgo. Como prostituta. Se ganaba bien la vida. En una noche ganaba lo mismo que en medio mes en la fábrica. Pero eso se lo contaría dos días más tarde, sentadas en el café donde Lenin comió strudels. Por ahora, habla de su vida aquí.

–No creas lo que te digan nuestras chicas. Aquí no se puede salir adelante con nuestro sueldo, solo alcanza para pagar el apartamento y la ropa. Aquí los vestidos son muy caros...

Los vestidos, las bragas con lentejuelas y los corsés con cristalitos o algo de piel... Los cascabelitos en la lengua y la esmeralda... Ropa profesional, sonrió para sí Zhenia.

–Y, para comer, cada una se las arregla como puede –dijo Lada en un tono de voz quejumbroso y fanfarrón a la vez–. Yo, por ejemplo, tengo mi clientela: mil dólares la noche. En cambio todas nuestras chicas –torció la boca en una mueca de desprecio– lo hacen por doscientos francos. Además yo aquí solo trabajaré hasta el otoño. En otoño me casaré con Hans y montaré un negocio. Es banquero, me echará una mano. Tengo una amiga aquí, Liuda de Moscú. Ella también trabajó con nosotras, y, bueno, se casó y ha abierto su propio negocio... –dijo por segunda vez Lada.

Bueno, evidentemente, el alcoholismo es una enfermedad profesional. «Tendré que decirle a Michel que me presente a esa Liuda», se dijo Zhenia.

Por lo visto, Michel conoce perfectamente a Liuda. En este momento está de viaje. Él se la presentará cuando ella vuelva.

Zhenia continuó con su trabajo nocturno. Segundo día, tercer día, cuarto día... Aelita de Riga, Emma de Sarátov, Alisa de Vóljov y Alina de Tallin. Pasa las noches en los bares, bebe un poco con las chicas, charla de esto y de aquello. Por la noche un Alka-Seltzer, por la mañana un Alka-Seltzer. Transcribe las conversaciones de la noche anterior. Vuelve a ver a las chicas, se pasea, es decir, se sienta con ellas en cafés decentes, las invita a cuenta de Michel (es la televisión quien paga), les ofrece pastelillos, y hablan, y hablan. Les gusta hablar de sí mismas. Acostumbrada por su formación universitaria, Zhenia analiza esas ingenuas fabulaciones y construye un perfil tipo.

Michel solo aparece por las noches. Es muy amable, pero en el fondo es extraño. De golpe le llevó del guardarropa de su mujer Esperanza un montón de vestidos y los tiró encima de la cama.

–Nadie necesita ya estos malditos trapos. Ahí hay un tesoro derrochado. Pobre animalito.

Y se echó a llorar. Tampoco en ese momento Zhenia le preguntó nada. La siguiente vez él la acompañó a un bar para trabajar, se quedó un rato con aire lúgubre, des-

110

pués desapareció durante tres horas y volvió a la hora de cerrar; tenía la cara cubierta de una especie de hollín... Y sus ojos resplandecían de nuevo con un brillo azul... Zhenia nunca había visto aquello: ¡unos ojos que cambiaban de color dos veces por semana! Él la llevó a casa moviéndose alegre durante todo el trayecto como un cachorro.

«Debe de ser neurasténico; tiene cambios de humor brusquísimos», pensó Zhenia.

Delante de la puerta de la pensión, él le dijo:

–Puedo quedarme, si tú quieres. ¿Y bien?

Zhenia se echó a reír.

–¡Michel, podrías ser mi hijo!

–Eso no tiene ninguna importancia. Si tú dices que sí, me quedaré.

–No. Vete a dormir... Estás cansado.

–Bueno, me iré a dormir con Tamara, o con Aelita...

Y, por fin, una cita de trabajo: el productor Leo con su cartera, Michel aureolado de perfumes prodigiosos, y Zhenia con unas diez hojas, repletas de una escritura diminuta.

–Tengo siete personajes –comenzó ella–, siete historias verídicas cuya autenticidad no garantizo, pero digamos, en líneas generales, siete historias más o menos verídicas. Y una metahistoria. Es la clave que te faltaba, Michel. De hecho, al principio, las chicas cuentan la misma y única historia en la que figuran una buena madre, un buen padre (en cinco casos representan a su padre como un capitán en uniforme blanco). Después está la muerte del padre, el padrastro malo, la violación durante la adolescencia, en general por parte del padrastro, la huida de casa, el encuentro con el hombre de su vida, la boda que no tuvo lugar debido a la muerte inesperada del novio...

Michel intenta hacer una pregunta, pero Zhenia se lo impide con un gesto: espera, primero acabo mi informe... Él se remueve impaciente en la silla.

–Después de la muerte del novio aparece el amigo del novio que la ayuda a marcharse al extranjero. En realidad, resulta que es un cabrón, es él quien la introduce en el mundo de la prostitución profesional. Pero ahora, en el momento actual, acaba de encontrar a un hombre extraordinario, la mayoría de las veces ese nuevo novio es banquero, pero a veces es un hombre de negocios que tiene su propia empresa, y pronto se casarán...

»Es probable que todas hayan leído el mismo libro o que hayan visto una misma película que las haya marcado. Tienes razón, Michel; nos encontramos ante un tipo humano extremadamente infantil, con muchos elementos ciertamente conmovedores... Y lo último que puedo decir: todas o casi todas han hablado de una tal Liuda de Moscú. Es una especie de heroína local. Un personaje mítico. Hay que encontrarla, creo que es ella la figura clave del futuro guión.

Michel saltó de la silla y cubrió a Zhenia de besos.

–¡Genial! ¡Al diablo los documentales! Ese capitán en uniforme blanco, ese padrastro violador... Y la hija, una especie de Lolita rusa que se fuga de su casa...

Michel estaba de pie en medio de la habitación con los brazos separados y las lágrimas le resbalaban de los ojos, que ese día eran negros.

–Ella está en la cuneta de una carretera, hace autostop, los camiones pasan por delante, camiones cargados que vienen de Alemania, y nadie se detiene, llueve a cántaros... Y el novio que muere la víspera de la boda... La mafia rusa... ¡Es genial! ¡Nos darán un Óscar! ¡Con Natalie Portman de protagonista! ¡Ooooh! –gime, poniéndose la mano sobre el corazón. Después se lanza sobre Zhenia para

112

besarla–. Será como Dostoievski. ¡Incluso mejor! Y a Liuda la veremos esta noche. Volvió ayer, me ha llamado... Aunque no la necesitamos para nada... ¡Ya no quiero un documental! ¡Vamos a rodar una película de ficción! ¡Al diablo con esas chorradas de documentales!

Leo ni se había inmutado. Cuando Michel hubo terminado su torrencial monólogo, separó sus manos grandes y, con los labios fruncidos, dijo:

–Michel, haz lo que quieras... Pero yo en ese proyecto no participo. La televisión suiza me ha contratado para hacer un documental. Mientras que este nuevo proyecto... Hay que buscar dinero para financiarlo durante seis meses o un año... Y esta vez no te dejaré que inviertas el mío...

Michel se echó a reír.

–¡Leo, eres como un niño! Zhenia escribirá el guión de manera que las tres cuartas partes de la película se rueden en Rusia. Lo compraremos todo sobre la marcha. Allí las cosas no cuestan nada. Contrataremos a un cámara ruso, tienen algunos geniales. ¡Y a un compositor también! ¡Y a un decorador! La técnica y la película las proporcionaremos nosotros. Esta película costará tres kopeks. ¡Lo sabes muy bien!

–No, no. Es una idea ridícula –se obstinó Leo.

–Bueno, si tú no crees en ella, no pasa nada. Zhenia escribirá el guión y volveremos a hablar cuando esté listo. Yo pagaré el guión de mi bolsillo. ¡Decidido!

Después, todo se desarrolló a una velocidad cinematográfica. La cita con Liuda se había fijado en el cabaret donde antes trabajaba. Zhenia conocía ya a la propietaria, una alemana de cierta edad que había huido del Berlín oriental en los años sesenta. Se llamaba Ingeborg y había hecho una carrera brillante: de simple trabajadora de la calle a propietaria de un establecimiento. Era una buena mujer, las chicas la querían. Liuda era su motivo de orgullo, su mejor creación.

Liuda se hizo esperar un buen rato, apareció con una hora de retraso. Era una rubia alta con dientes grandes y una nariz pequeña. Hermosa como una muerte prematura. Elegante como una modelo de alta costura. La acompañaba su marido, un bajito rechoncho de tez rosada que le llegaba al pecho. Él tenía un aire amable y jovial. Se intercambiaron besos muy cordiales. Michel besó la mano de Liuda, y Zhenia, que ya conocía las maneras del director, comprendió que era ese respeto acentuado lo que traicionaba su antigua relación, que había sido mucho más íntima.

Liuda se puso a hablar cuatro lenguas a la vez: con Zhenia en ruso, con Michel en francés, con Ingeborg en alemán y en italiano con su marido, originario de Locarno.

–¡Liuda, pero si eres una auténtica lingüista! –exclamó Zhenia–. Hablas varias lenguas de maravilla...

–¿Cómo que lingüista? Hice mis estudios en el instituto Maurice Thorez, allí no forman a lingüistas, allí forman a *Dolmetschers,* intérpretes, trujamanes –sonrió Liuda con su cara dentuda, y Zhenia se quedó aún más estupefacta: el estilo, aunque cuidadísimo, era irremediablemente el de una puta, mientras que su manera de hablar era la del Moscú bien. ¿Provenía de aquel ambiente?

La historia de Liuda se reveló diferente de todas las demás: niña de buena familia, abuelo profesor, apartamento en la calle Kropótkinskaya. Padres respetables. Ninguna violación en la infancia. Al contrario, escuela musical y círculo de la Casa de las Ciencias, gimnasia artística... Un diploma con mención honorífica. Un matrimonio al inicio feliz con un compañero de estudios, un trabajo en el extranjero... Después un trauma muy penoso: el marido había mostrado tendencias homosexuales y la había plantado por un joven. Como consecuencia, a Liuda le había sobrevenido una crisis nerviosa, había perdido el trabajo. Difícil encontrar uno nuevo, se había puesto a hacer striptease. Allí, en Zúrich, la vida era carísima, los sueldos apenas llegaban para el alquiler. De noche trabajaba en el club de striptease, de día hacía traducciones. Más o menos salía adelante. Y después había conocido a Aldo. Ahí, justo en ese club, se habían conocido. Era banquero, un hombre pudiente, así que, a fin de cuentas, las cosas le habían salido bien...

Liuda bebía de lo lindo, observó Zhenia. Ya había llegado poco sobria. Mientras hablaban, se había tomado cuatro copas de champán.

En cierto momento, Zhenia fue al baño. Allí la aguardaba una pequeña sorpresa: la empleada de los lavabos, la *dame pipi*, era rusa también. Evidentemente una de las que no habían logrado establecerse en la escena, pero no tenía ganas de irse... Zhenia hizo lo que había venido a hacer y entabló conversación sin pensarlo. Era exactamente lo que había supuesto: venía de Krasnodar, había trabajado en Alemania, y ahora, aquí...

Zhenia, de pie delante del espejo, se miraba y decía: «Pero ¿adónde has ido a parar, mi pequeña Zhenia?».

En aquel momento, titubeando con elegancia y efectuando unas ligeras rotaciones alrededor de cada uno de los picaportes de las puertas, Liuda entró en los aseos... Estaba completamente borracha. Se precipitó en uno de los retretes, vomitó, hizo sus necesidades y salió. La *dame pipi* le pasó rápidamente un vaso. Liuda hizo gárgaras en su boca dentuda, se vaporizó desodorante en la boca. Se sentó en el sofá. Vio a Zhenia... Y la amabilidad se borró de repente de su cara, como una especie de cosmético. Se encendió un cigarrillo, hizo una mueca y de repente se dirigió a Zhenia en el lenguaje de las chicas de la calle:

–¿Y tú qué haces aquí? ¿Cuánto te pagan? ¿Qué quieres? Como suele pasarles a los borrachos, algo se acababa de derrumbar dentro de ella, y Zhenia le respondió con amabilidad.

–Escribo un guión sobre las chicas rusas en Zúrich. Y tú, Liuda, eres la heroína: todas hablan de ti, Liuda de Moscú...

–¿Y qué, escribes con bolígrafo? ¿O grabas en un magnetófono? –preguntó Liuda con una nueva entonación.

–Tengo un magnetófono –confesó Zhenia–, pero lo que me interesa es simplemente charlar contigo. Con el corazón en la mano...

Y de repente Liuda se puso hecha una furia. Intentó ponerse de pie, pero se desplomó sobre el sofá.

–Ah, ¡zorra espía del Estado! Nos quieres denunciar, ¿no? En casa os teníamos siempre pisándonos los talones y ahora venís a tocarnos las narices aquí también... Te voy a partir los morros...

Y movió los hombros como los actores de cine que interpretan a los delincuentes. Y a Zhenia le dio una risa histérica.

–Liuda, querida –le gritó entre risas–. ¿Por quién me has tomado? ¿Te has vuelto loca? ¿Crees que yo no las he pasado canutas en la vida?

Zhenia tomó entre sus brazos a Liuda, que dejó caer la cabeza sobre su hombro y prorrumpió en sollozos. A través de los lloros, escuchó la misma historia de siempre, pero expresada con un estilo más truculento que sus amigas con menos talento.

–¿Tú la has chupado por tres rublos en la Plaza de las Tres Estaciones? ¿Te han violado en grupo? ¿Lo has hecho en los portales? Sí, ¡soy Liuda de Moscú! La reina de las putas. Solo que no me llamo Liuda y no soy de Moscú. ¡Soy Zoya de Tula! Y en mi familia no había ningún profesor. Sí, en casa de un profesor judío trabajé como chacha... Acompañaba a la nieta al círculo de la Casa de las Ciencias... En mi familia todos son mineros. Mi padre, mi padrastro. Y mi madre todavía trabaja en las minas. Como operadora. Y el borracho de mi padrastro ahora está en prisión, aunque probablemente ya esté muerto. Me violó cuando yo tenía once años. En la escuela, yo era la primera de la clase. Y me admitieron en la carrera. Pero cuando la policía me pilló en una redada en el Hotel Nacional me expulsaron de la universidad. Y tuve suerte de que no me metiesen en la cárcel, toda la comisaría me repasó y luego me dejaron libre. Tal vez habría sido profesora si no hubiese tenido que ganarme la vida con mi cuerpo desde primer curso... Se me dan bien las lenguas. Me basta con oírlas, no necesito manuales...

Sacó su larga lengua rosa y giró un poco aquella sofisticada arma de profesional.

La continuación de la historia se desarrolló conforme al guión habitual: el novio, su muerte la víspera de la boda, el genio maligno...

Le goteaba de todo, lágrimas de borracha, mocos... Hipaba, y tenía las mejillas hundidas embadurnadas de rímel resistente al agua.

–No llores, mi pequeña Liuda –decía Zhenia acariciándole los hombros–. De todas maneras tú eres aquí la más afortunada. Todas las chicas te envidian. Tienes un negocio y a tu marido Aldo.

–Pobre escritora de mierda –dijo ella, sollozando aún con más amargura–. No te enteras de nada, ¡ingeniera de las almas humanas! ¿Casarse conmigo? Trabajo para él como una burra. Hoy me he acostado con tres clientes. Cuatrocientos francos, *all included...* Un árabe de unos sesenta años, un cerdo bisexual. El segundo era un alemán, un bávaro ta-

117

caño a más no poder. Me he servido un poco de agua mineral en el vaso, y él me ha preguntado: ¿quién pagará esta agua? Y el tercero... –Se echó a reír–. ¡Un primor! Un japonés jovencito que no tenía nada debajo del pantalón. Pero qué amable... La historia de los mil dólares la noche es una tontería. Es el sueño de todas las cretinas de aquí. Una suma de dinero así, tal vez se la den solo a Naomi Campbell...

Zhenia ayudó a Liuda a salir de los aseos. Su rosado Aldo la miraba de soslayo, y Zhenia creyó de cabo a rabo todo lo que Liuda le acababa de contar...

Ella se fue al día siguiente. Había firmado un contrato con Michel para la redacción del guión. Una vida de perros. Mentiras miserables. Y una verdad que todavía lo era más. Pero Michel quería un cuento de hadas. De amor romántico. Un melodrama para pobres. Quería encarnar el sueño de todas las chicas del mundo: esas chicas inocentes, codiciosas, tontas, amables, crueles, equivocadas...

Zhenia recibió un anticipo de mil dólares. La suma que ellas soñaban recibir por una noche.

Volvió a su casa. Allí todo era auténtico, con muchas dificultades y tensiones. Iba a su trabajo, escribía el guión. En Moscú, toda aquella historia parecía todavía más sórdida y más inútil si cabe.

Un mes y medio más tarde, Leo la llamó por teléfono para decirle que Michel había muerto a causa de una sobredosis de heroína. Había sucedido un día después del entierro de su mujer, Esperanza, que acababa de morir de sida en una clínica. Leo lloraba. Y Zhenia también lloraba. Aquella historia delirante al final se había terminado y ahora todo tenía explicación, incluido el color de los ojos: azules cuando las pupilas se contraían y negros cuando se dilataban hasta el punto de que desaparecía todo el iris; dependía de la dosis...

EL ARTE DE VIVIR

1

Aquellos calabacines malditos le habían rondado por la cabeza durante varios días. Al final compró cinco, pálidos, lustrosos y más o menos iguales... Los frió por la noche, cocinó una salsa a toda prisa y le pidió a Grisha que le llevara la comida a Lilia. Además de los calabacines, había preparado una ensalada de remolacha y un pastel de requesón. Lilia prácticamente no tenía dientes. Y tampoco demasiado cerebro. Ni belleza. De hecho, toda ella se componía de un gran cuerpo fláccido y de una bondad tranquila... Su bondad se había vuelto tranquila después de su enfermedad, pero antes, cuando aún gozaba de buena salud, era una bondad ruidosa, que suspiraba, exclamaba e incluso se prestaba de manera un poco inoportuna a que se aprovecharan de ella. Y todos se aprovechaban, incluso el que no tenía ganas. Era gracioso: el apellido de soltera de Lilia era Aptekman, y ella era farmacéutica. Apotecaria, como se decía antes. Se había pasado treinta años detrás de la ventanilla número uno, sonriendo a todos sin distinción y esforzándose denodadamente para dar, buscar, encontrarlo todo... Después había sufrido una apoplejía, y ahora ya hacía tres años que cojeaba por su casa, apoyándose en un excelente bastón de importación con un soporte para el codo y arrastrando su pierna izquierda siempre rezagada. El brazo izquierdo lo único que tenía de brazo era la forma, pues no tenía utilidad alguna...

Desde niña, Zhenia no podía soportar a Lilia Aptekman. Vivían en el mismo edificio de una vieja calle a la que le habían cambiado el nombre tres veces durante sus vidas. Sus padres se conocían. Decían incluso que el abuelo de Zhenia a la edad de ochenta años había pedido matrimonio a la abuela de Lilia, una joven viejecita de unos sesenta y cinco años. Pero Zhenia no le daba demasiado crédito: ¿qué podría haber visto su abuelo, un hombre cultivado, respetable otorrinolaringólogo, amante de Schubert y Schumann, que leía en latín los discursos de Cicerón, en la abuela de Lilia, una dulce bolita de grasa siempre sonriente, con bigote y aquella manera de hablar cantarina de su *shtetl* ucraniano? En aquel entonces a Zhenia le exasperaba el descaro escandaloso de Lilia, su glotonería y su curiosidad desmesurada. A Lilia le habría gustado ser su amiga, pero Zhenia siempre mantenía las distancias.

Se habían mudado y habían pasado muchos años separadas sin pensar nunca la una en la otra. Quizás habría sido así hasta la muerte si diez años antes Zhenia no hubiera dado vueltas por todo Moscú en busca de un medicamento raro y muy difícil de encontrar para su agonizante madre. Una amiga lejana le había prometido que se lo conseguiría mediante otra amiga lejana, una farmacéutica. Entonces Zhenia no había adivinado que aquella farmacéutica era Lilia Aptekman. La farmacéutica todavía sin desenmascarar había telefoneado de improviso para precisar la dosis, después se había dirigido a alguien y había pedido el medicamento en alguna parte; al principio no con demasiado éxito, luego, al cabo de dos semanas de la primera conversación, había vuelto a llamar y comunicado con voz alegre que lo había conseguido... En ese momento a la madre de Zhenia habían comenzado a suministrarle otro preparado, uno más fuerte, y estaba muy mal. Zhenia se pasaba día y noche en el hospital. Y la farmacéutica desconocida fue en persona a llevar la medicina, diciendo que le venía de paso, que ella vivía a dos paradas de allí...

Zhenia abrió la puerta a una desconocida gordinflona con unas gafas bonitas, que de repente le gritó:

–¡Zhenia! ¡Ya decía que me sonaba tu voz! ¡Querida! Así que es por la tía Tania por quien me he deslomado para encontrar esta medicina. ¡Dios mío! ¡Mi pequeña Zhenia! ¡No has cambiado nada, estás igualita que siempre! ¡Y tu cintura! Igual de delgada que antes. ¿No me reconoces? Soy Lilia Aptekman, del apartamento dieciocho...

Zhenia, presa del desconcierto más absoluto, observaba a aquella mujer gruesa con los ojos generosamente maquillados bajo las gafas, intentando desenredar el hilo de un parecido con... con... La gordinflona, sin dejar de soltar gritos de alegría, se quitó unas manoplas desparejadas, dejó dos bolsas en el suelo y se puso a sacar de una tercera varias cajas de medicinas, mirando lo que había escrito en cada una de ellas.

–¡Lilia Aptekman! ¿Cuántos años han pasado? –respondió Zhenia, bastante apática.

Y se acordó de todo, de todo... De la niña gordita mordisqueando siempre una empanada o un pastel de requesón, de su hermana mayor, una belleza, de su padre, dirigente de una empresa, fortachón y de cara roja, al que pasaban a buscar con un coche de la compañía y al que después, un día, se llevaron por mucho tiempo, unos cinco años... E incluso se acordó de cómo el padre de Lilia, después de su liberación, había vuelto hecho un viejo abatido. Luego se pasaba el tiempo sentado en un banco junto con otros jugadores de dominó, bebiendo. Una imagen afloró en su memoria con más intensidad respecto a las demás: Lilia, ya una chica adulta de pecho opulento, llevando de vuelta a casa a su padre borracho como una cuba y llorando lágrimas amargas... Y ya no se acordó de nada más porque los Aptekman se habían mudado.

–Quítate el abrigo, Lilia, ¿qué haces ahí parada en la puerta?

Zhenia recogió aquellas bolsas panzudas del suelo y las dejó sobre un taburete, después ayudó a Lilia a desembarazarse de su abrigo peludo y raído, que pesaba como una lápida sepulcral. Entretanto Lilia no dejaba de graznar:

–Entro, entro, claro que entro. ¡Precisamente hoy estoy totalmente libre! En general, siempre tengo prisa por volver a casa, pero ahora están las vacaciones, he enviado a mis hijas de campamentos y mi Friedman está en viaje de negocios. Ay, mi pequeña Zhenia, ¡qué alegría haberte encontrado de nuevo! Ahora me lo contarás todo, absolutamente todo. ¡Tú siempre has sido una persona extraordinaria! Eras la más inteligente, yo a tu lado solo era una tonta del bote... Estaba enfadada porque tú no querías saber nada de mí. Y sin embargo siempre has sido mi mejor amiga, ¿sabes? Durante muchos años, durante toda mi infancia, yo hablaba contigo antes de quedarme dormida. Ahora te lo puedo confesar...

Lilia hablaba a toda velocidad, en voz alta y con énfasis, como una colegiala que recita una poesía.

–¿Quieres comer algo? ¿Y tomar un té? –preguntó Zhenia, cansada.

Eran las diez pasadas y todavía tenía un montón de cosas por hacer.

–No, no, no quiero comer nada... Quizás picaré algo. Y tomaré una taza de té, por supuesto.

Zhenia se dirigió a la cocina con resignación, y Lilia la siguió chancleteando con unas zapatillas masculinas de andar por casa.

—Pero, párate a pensarlo, ¿es que no te das cuenta? Llamé al hospital central, a la clínica del Kremlin, pulsé todas las teclas, le dije a todo el mundo que lo necesitaba para alguien de mi familia... ¡Y era verdad! Tú, para mí, eres de la familia. Qué pena, la tía Tania. Sabes, esta química es muy eficaz, pero también muy tóxica.

Zhenia asintió con la cabeza. Ya sabía que su madre se estaba muriendo no por el cáncer, sino por las sustancias químicas que devoraban las células malignas; el tumor era como si se desvaneciera, pero la vida se escapaba más rápido todavía...

—Yo siempre miraba a tu ventana: tú estabas sentada al piano, tocabas, y sobre el piano reposaban dos candelabros. Y en la pared había colgado un cuadro, el paisaje de un bosque, un cuadro precioso con el marco dorado... ¿Sabes?, me acuerdo también de tu bisabuelo, siempre llevaba un sombrero negro y los bolsillos llenos de caramelos de menta. Un día que había ido al zapatero se detuvo en medio del patio y repartió los caramelos entre los niños...

Zhenia se quedó fulminada: aquellos recuerdos le pertenecían a ella, solo a ella; nadie más en el mundo, excepto su madre, que ya casi se había ido, podía acordarse de aquella instantánea de un día de verano, donde en el centro del patio, iluminado por los proyectores de la memoria, se hallaba su bisabuelo, nacido en 1861, el año de la abolición de la servidumbre en Rusia, y muerto en 1956... Con su sombrero negro y su barba blanca bien recortada bajo la cual se destacaba el nudo grueso de su corbata de rayas gris y azul... Y la redecilla llena de zapatos viejos, y los caramelos en los bolsillos, todo aquello era verdad, pero una verdad personal, la de Zhenia. Y he aquí que había sobre la tierra otra persona que podía confirmar y atestiguar que aquella vida, aplastada por el asfalto sin escrúpulos del Nuevo Arbat, no la había soñado solo ella.

–Lilia, pero ¿de verdad te acuerdas?

–Claro que sí, me acuerdo de todo, hasta del último kopek... Y de vuestra asistenta, Nastia, y de vuestro gato Murka y el pequeño sofá con la manta de cuadros en el comedor..., y vuestra abuela, Ada Maksimiliánovna, ¡qué gran señora! Con su traje de cuadritos de pata de gallo... Parecía una auténtica extranjera.

Lilia se sorbió los mocos.

–Era polaca –murmuró Zhenia–. Sí, es verdad, tenía un traje de cuadritos...

Lilia se quitó las gafas, sacó un pañuelo oscuro de hombre y se secó el rímel que se le había corrido. Lo hacía con habilidad y destreza, separándose las pestañas pegadas con sus dedos cortos. Después cogió un estuche de maquillaje, sacó de dentro una cajita de cartón que contenía un rímel pastoso de fabricación nacional, un lápiz grueso de ojos y un espejito de bolsillo redondo y, mordiéndose el labio, se puso a retocar su belleza descompuesta. Cuando hubo terminado, ordenó su pobre parafernalia femenina, la metió dentro del bolso y, cruzando los brazos tranquilamente delante de ella, como una colegiala –unos brazos no demasiado grandes teniendo en cuenta su tamaño general–, inició su relato.

–Soy muy feliz, Zhenia. Tengo un buen marido y mis hijas son preciosas.

La forma no estaba en absoluto en consonancia con el contenido; la entonación era muy triste. Lilia suspiró y añadió:

–Sobre todo era feliz cuando todavía estaba mi hijo mayor. Murió con diez años.

124

Zhenia sintió que se le encogía el corazón por segunda vez.

—Era... era un ángel. No abundan las personas como él. Cuando volví a casa del trabajo, él estaba tumbado en el sofá, muerto. Tenía un aneurisma, pero nadie lo sabía —explicó Lilia—. Era un chico sano, si al menos hubiese tenido algo. Pero nunca estuvo enfermo. Y pasó así: llegó del colegio y se murió. Me habría ahorcado de no ser por mis dos hijas. Entonces ellas solo tenían un año y medio.

Una vaga sospecha se deslizó en la mente de Zhenia. Ya había oído una vez una historia de niños muertos...

—¿Y ellas están bien?

—¡Gracias a Dios! Ya te digo, son unas auténticas bellezas.

Se puso las gafas, miró de soslayo a Zhenia con su ojo cargado de maquillaje, volvió a hurgar en su bolso y le enseñó una fotografía tomada en un estudio: dos encantadoras niñas regordetas, con las melenas bien cepilladas y de labios caprichosos, hacían melindres y desplegaban la una hacia la otra unos cuellos impecables.

—Pero no es de eso de lo que te quiero hablar, Zhenia. Yo sobreviví con la ayuda de Dios. Fue mi pequeño Seriozha quien me condujo hacia el Señor. Medio año después de su muerte me bauticé. En mi familia —papá ya había muerto—, ni mi madre, ni mis tías ni mis hermanas, nadie me dirigía la palabra. Sin embargo, después se arregló todo. Y yo me sentí mejor. En fin, quiero decir, estaba mal, por supuesto, pero Seriozha se quedó conmigo a través del Señor, y yo siento fuertemente su presencia. Y sé que, como se nos ha prometido a nosotros los cristianos, no en esta vida sino en la otra, él me acogerá bajo la forma de un ángel... Solo hay una cosa que no lograba controlar: no paraba de llorar. Estaba preparando la comida, miran-

125

do por la ventana, hablando con la gente, o bien sentada en el trolebús, y las lágrimas me caían sin darme cuenta. Pero la gente sí se daba cuenta. Y, dándole vueltas al asunto, decidí pintarme los ojos. El rímel me pica, así que en cuanto comienzan a caerme las lágrimas, me doy cuenta al instante. Han pasado doce años, pero todo sigue igual... Ahora ya me he acostumbrado a maquillarme, es lo primero que hago cuando me levanto.

Zhenia sintió de nuevo que el corazón le daba un vuelco; comenzó a picarle la nariz.

Los cálidos ojos de Lilia estaban maquillados como los de una mujer de la calle, pero su cara era tan luminosa como si hubiese asumido ya el semblante angelical que se suponía que debería tener su hijo muerto.

Lilia hablaba sin cesar y, cuando miraron el reloj, era ya casi la una de la madrugada.

–¡Oh, qué charlatana soy! –se lamentó Lilia–. Seguro que te he aburrido contándote mi vida. Pero cuánto me ha gustado hablar contigo, Zhenia. Ya no deben de pasar trolebuses a esta hora, ¿no?

Zhenia le propuso que se quedara a dormir. Lilia aceptó sin hacerse de rogar. Terminó de comer el gratén de requesón masticando con deleite y aspirando el aire con boca de piñón. Se bebió aún otra taza de té. Y a las dos de la madrugada, cuando Zhenia le preparaba la cama en el sofá de la sala de estar, Lilia le preguntó mientras se quitaba su enorme chándal del color de un coche de bomberos:

–Dime, Zhenia, ¿tía Tania está bautizada?

–Los abuelos eran luteranos. Por lo que respecta a mamá, no sé.

–¿Cómo es eso? –preguntó Lilia, sorprendida.

–Mis abuelos se casaron antes de la Revolución y los dos se convirtieron al luteranismo. El abuelo era de una familia judía, la abuela era católica, y, de otro modo, no habrían podido casarse. Y mamá no es creyente. Ni siquiera sé si está bautizada. Si lo está, será por la religión luterana.

–Pero ¿de verdad? –se asombró Lilia–. Párate a pensarlo, ¿luterana? Pero, bueno, no importa, los luteranos también son cristianos. ¿Y si traigo un sacerdote para ella?

Zhenia observaba aquella masa ondulada del cuerpo de Lilia cómodamente acurrucada bajo la colcha y su cara, que ya no era joven, desmaquillada, cubierta de arrugas y de lunares..., la mitad de su sonrisa llena de gratitud se perdía hundida en la almohada.

«¡Qué mujer tan amable!», pensó Zhenia.

Lilia se incorporó sobre la almohada y tomó a Zhenia de la mano.

–Hay que llamar a un sacerdote, Zhenia. Es necesario. Si no, después no te lo perdonarás.

«Sí, sí, tenía un corazón de oro», pensó Zhenia. Ya de niña era muy buena, solo que lo que hacía no tenía ni pies ni cabeza... Y ahora ha sabido cómo canalizar toda aquella energía. Qué extraño que sea por medio de la religión cristiana...

Tatiana Eduárdovna murió aquella noche, así que ni las medicinas ni el sacerdote fueron necesarios.

Durante el entierro, Lilia lloró amargamente, secándose el rímel que se le corría de las pestañas. Se lamentaba por haber llegado tarde, por no haber llevado un sacerdote a Tatiana Eduárdovna y por no haberle dicho adiós. Zhenia, en cambio, no podía llorar. Había posado su mano fría sobre la frente todavía más fría de su madre y compuso mentalmente una larguísima lista de todo lo que no había hecho por ella durante su vida... Era una verdadera experta en confeccionar listas de cosas...

Y Lilia se convirtió en una presencia fija en la casa de

Zhenia, que no la había escogido como amiga. Lilia era por vocación un miembro de la familia. De todas las familias. Y Zhenia se había rendido. Estaba irritada, le sublevaban las preocupaciones espirituales y médicas de Lilia, aquella infatigable propaganda del cristianismo salvador tan de andar por casa, de vez en cuando refunfuñaba, pero no podía dejar de enternecerse por aquella disposición empedernida de Lilia a ayudar a todo el mundo al instante. Y ella cada vez ahondaba más en las profundidades de la extraña vida de Lilia: era una mujer al servicio de los otros, cuidaba, mimaba y obsequiaba a todo el mundo. No solo a su marido enfurruñado y estúpido y a sus hijas caprichosas y revoltosas. Se entregaba con la misma abnegación a servir a sus amigos y amigas, o simplemente a los clientes que le ponían sus recetas en la ventanilla, cargaba con bolsas enteras de medicinas para gente que conocía o no, y se le encendía la cara de indignación cuando aquellos a los que había colmado de beneficios le ponían en la mano una caja de chocolatinas o un frasco de perfume... Vivía en un sinvivir, siempre sin un céntimo, siempre al límite de sus fuerzas, siempre correteando de aquí para allí, con los ojos embadurnados de un rímel abrasador corrido por unas lágrimas involuntarias... Y así había corrido durante años llevando cosas a unos o a otros, visitando a no sé qué viejecitas, eternamente con retraso a todas partes, incluso a las liturgias de los domingos en la iglesia adonde ella se obstinaba a arrastrar a la irreductible Zhenia...

Y después la golpeó aquella apoplejía. Y todo se desmoronó: su marido, que se había ido en viaje de negocios, se enamoró de cierta jovencita y se olvidó de volver. Sus hijas, hundidas por los acontecimientos, no podían comprender por qué la vida les había jugado aquella mala pasada. Su mamá ya no les daba zumo de naranja recién exprimido por la mañana, no lavaba, no planchaba, no traía nada para comer, no preparaba la comida, y en general no hacía nada; al contrario, se esperaba de ellas que hicieran todo aquello a lo que no estaban acostumbradas. Eludían la necesidad de cumplir con ese odioso trabajo, se pasaban la pelota la una a la otra y no paraban de discutir.

Lilia tardó mucho tiempo en recuperarse. Llevaba una vida heroica, se pasaba las horas masajeándose el lado izquierdo paralizado, estirándolo, practicando a saber qué ridículos ejercicios chinos, se frotaba hasta la extenuación el cuerpo fláccido con un cepillo para el pelo, hacía rodar unas bolitas con las manos y los pies, y poco a poco se había ido levantando, había aprendido a andar de nuevo, a vestirse, a arreglárselas más o menos con una sola mano.

Zhenia, que antes evitaba ir a casa de Lilia, ahora se pasaba a verla a menudo, ya fuera para llevarle algo de comer, o para dejarle algo de dinero. Para su asombro, Zhenia había descubierto que una gran cantidad de gente iba a visitarla con regularidad, la mayoría del entorno de la parroquia; pasaban el rato con ella, la llevaban a pasear, la ayudaban a mantener la casa... No hacía falta contar demasiado con las hijas: ellas estaban entregadas con pasión a su juventud, les llovían montañas de proposiciones, como en los periódicos: «De particular a particular». De vez en cuando, en un arrebato de inspiración, realizaban en casa algún acto heroico: ordenaban el apartamento o hacían la comida, y cada vez esperaban a cambio un elogio o una medalla... Lilia siempre les daba las gracias, se alegraba en silencio y después informaba a Zhenia:

—¡Irina ha preparado hoy una sopa de verduras! ¡Estaba deliciosa!

—¿Lo dices en serio? ¿De verdad la ha preparado ella? —se enfurecía Zhenia.

Pero Lilia se justificaba con una sonrisa humilde:

—No te enfades, Zhenia. Yo tengo la culpa. Después de la muerte de Seriozha estaba como loca. Las malcrié terriblemente... ¿Qué puedo esperar ahora de ellas?

Lilia hablaba con una voz suave, despacio. Ahora toda su anterior energía se le iba por completo en sus esfuerzos por arrastrarse hasta el cuarto de baño, en subirse el pantalón con una sola mano, asearse personalmente, cepillarse los dientes. Abrir un tubo de pasta dentífrica y poner un poco en un cepillo de dientes con una sola mano también requería aprendizaje. Zhenia casi lloraba de compasión, y Lilia, con su sonrisa un poco torcida, le explicaba:

—Corría demasiado, Zhenia. Así que el Señor me ha obligado a pararme un poco para reflexionar sobre mi comportamiento. Y de hecho ahora lo estoy haciendo.

Y estaba tranquila, dulce y vieja, encanecida, ya no se ponía rímel en los ojos, ahora ya no era tan hábil. De vez en cuando las lágrimas le caían de los ojos descoloridos, pero no tenía importancia... Al irse, Zhenia echaba una mirada a su reflejo en el espejo —todavía no estaba nada mal, no aparentaba más de cuarenta y cinco años—, y corría escaleras abajo: no tenía tiempo de esperar el ascensor, tenía un montón de cosas que hacer, una larga lista...

2

No era una libreta, era una agenda negra, sin ninguna floritura, de un formato bastante grande, casi A4. A quien no entienda qué significa A4 no vale la pena ni explicárselo. En la agenda había tres columnas: E de editorial, C de casa y V de varios para todo lo demás.

Por lo que respecta a la primera columna, las cosas

iban bastante bien: hacía seis meses Zhenia había contratado a un ayudante, Seriozha, un chico más joven que Grisha. Le pagaba mucho, pero era dinero bien empleado: poco a poco había tomado a su cargo todo lo que tenía que ver con las tareas tipográficas y en parte con la distribución. Podía respirar un poco...

En cuanto a la C, las cosas no iban tan bien: su viejo coche había renqueado durante toda la semana y estaba claro que era el momento de llevarlo al mecánico o de venderlo... La lavadora se había estropeado definitivamente, era preciso llamar al técnico y perder todo un día. O tal vez sería más sencillo comprar una nueva y tirar la otra a la basura. En la lista había otros puntos conflictivos. Zhenia reflexionó un instante y decidió que había llegado el momento de hacer una cosa que había evitado toda su vida: contratar a una asistenta. Así que añadió otro elemento en la segunda columna: A. Ahora, si A se encargaba de la mayor parte de puntos C, sería posible concentrarse en los dieciocho puntos de la columna V. Allí, en la columna V, había escritas cosas que tenía que hacer desde hacía una eternidad y que no eran obligatorias del todo: las promesas no cumplidas, o que tenía intención de cumplir, pero todavía no había encontrado el momento de llevar a cabo, o ni siquiera promesas, sino aquello que creía que era su deber... Dos viejas tías con las que había perdido el contacto, el padre de un viejo amigo, un cantante de ópera de noventa años al que quería llevarle una mesita, después las hierbas medicinales para la tía María Nikoláyevna, que esperaba ya desde hacía una semana, el aniversario de la muerte de su madre y también encontrar una medicina rara, pasar por el cementerio, después había que buscar un neurólogo especialista en columna vertebral para Katia, comprar un regalo a su sobrina Sonia y enviarlo para que llegara a tiempo para su cumpleaños, y des-

pués Sasha que había pedido..., y Grisha que necesitaba...,
y después tomarse un día, sí, un día entero para ir a la dacha
con Kirill, porque su marido a medida que envejecía se volvía más susceptible y ya hacía tiempo que estaba a punto de
ofenderse porque no iban a la dacha juntos, y él tenía que tomar un tren para después volver a la oscuridad de la ciudad
con la mochila atiborrada de manzanas...

Zhenia reflexionó, mordisqueó el tapón del bolígrafo y
marcó el número de su amiga Alla, que hacía tiempo que
trataba de persuadirla para que contratara como asistenta a
una de las refugiadas del Cáucaso con las que trabajaba.

Alla se alegró y le prometió que le enviaría una al día
siguiente, e incluso diez si quería.

Y después se puso enseguida a contarle la historia de
una refugiada de Bakú, que ya hacía diez años que vagaba
por Rusia sin poder encontrar un lugar donde vivir porque
era armenia, su difunto marido era azerbaiyano y ella se
apellidaba Guséinova, y ahora los armenios no le prestaban ninguna ayuda por su apellido y los azerbaiyanos tampoco debido a su nacionalidad... Pero Zhenia sabía desde
hacía tiempo que las organizaciones benéficas estaban diri-
gidas exclusivamente por personas extrañas, las demás trabajaban en organizaciones normales; por eso soportó con
resignación la larga historia de una, de otra, después de una
tercera...

Tras veinte minutos de conversación –Zhenia, con el
auricular pegado a la oreja, había acabado de fregar los
platos de la cena–, Alla le prometió que le enviaría a una
chechena maravillosa que le haría la limpieza, la compra y
además le prepararía unos platos como nunca había soñado... Parecía tentador. Acababa de colgar cuando el teléfono volvió a sonar. Echó una ojeada al reloj: las doce menos
cuarto de la noche.

132

–*Shalom!* –en el auricular se oyó un saludo alegre y enérgico–. ¡Soy Hava!

Hava antes se llamaba Galina Ivanova, hacía tres años que se había convertido al judaísmo y promovía fervientemente la Torá como única doctrina verdadera a todos aquellos que estuviesen dispuestos a escucharla. Al principio había depositado grandes esperanzas en la conversión de Zhenia, pero había chocado con un muro de ateísmo y de sordera espiritual contra el cual se estrelló la ola ardiente de su entusiasmo de nueva judía.

«¡Cinco minutos!», se dio como máximo Zhenia.

–¿Qué tal? –le preguntó Hava.

El «qué tal» ruso se distingue del de los ingleses por el hecho de que presupone una respuesta detallada. Pero Zhenia respondió a la inglesa:

–Bien, ¿y tú?

–Oh –suspiró Hava–. ¿No podrías echarme una mano?

–Tal vez. ¿De qué dimensión es el desastre?

Zhenia de vez en cuando le prestaba dinero a fondo perdido y se alegró de que la conversación hubiese tomado inmediatamente un cariz práctico. Desde que ella creía ciegamente en el Altísimo, Galia había dejado su trabajo para dedicarse por entero a su vocación. Además, cuando se está cerca de la cincuentena aprender hebreo no es una empresa fácil. Y el desarrollo espiritual avanzaba a toda máquina, aunque la cuestión monetaria había empeorado. Zhenia nunca le negaba la ayuda –así era la historia de su relación–, pero siempre le hacía la pregunta: «¿Para qué es?».

Y se la volvió a formular esta vez. Recibió una respuesta pormenorizada. Hava necesitaba treinta y dos dólares para comprar dos libros sobre las Santas Escrituras.

Zhenia musitó. Hum, hum...

133

–Puedo darte esos treinta y dos dólares, Galia. El problema es cómo voy a dártelos. Voy a la Feria del Libro de Frankfurt, solo falta una semana y estoy muy ocupada. O vienes a casa una mañana antes de las nueve o bien intentas cazarme en algún momento. ¿Tienes mis números de teléfono?

Al parecer, la conversación estaba concluyendo de manera positiva, sin tocar el peligroso terreno de la religión. Pero Zhenia se había alegrado demasiado pronto.

–Zhenia –declaró su interlocutora en tono severo–. Te he pedido muchas veces que no me llamaras Galia. Me llamo Hava. Es preciso que comprendas que un nombre tiene un significado místico. Cada vez que me llamas por ese nombre, que ya no llevo, es como si me devolvieras a un pasado al que he renunciado. El nombre de Hava, Eva, es el de nuestra procreadora, la primera mujer, y la raíz de ese nombre está ligada al nombre *jaim*, que significa vida...

–De acuerdo, Hava, entendido. Perdóname, son muchos años llamándote por otro nombre...

Las dos habían estado casadas con el mismo hombre, primero Zhenia, luego Galia Ivanona. Sus hijos eran medio hermanos, llevaban el mismo apellido y se parecían físicamente. Zhenia había dejado a su primer marido y cinco años más tarde Galia lo había enterrado. Se habían encontrado la una al lado de la otra delante del ataúd, las dos de negro, Zhenia la culpable de todo, y Galia culpable de nada. Con dos hijos pequeños de nueve y tres años... Solo que entonces Galia no se llamaba Hava, sino que era una chica normal procedente de la Rusia central, de un lugar donde abundaban las colinas y los arroyos, una ortodoxa con una crucecita de plata colgada de una cadena, plácida como los vastos espacios donde había pasado su niñez y bella como la princesa hechizada del cuento una vez que su piel de rana ardiera en la estufa...

Su difunto marido le dejó en herencia un hijo de tres años y una suegra enferma. Y Zhenia para prestarle ayuda. Durante más de dos décadas Zhenia había estado presente en su vida, amando y odiando a aquella extraña criatura, aquella belleza de cambios bruscos, a cual más absurdo. Durante el último año de la corta vida de Kostia, Galia había tratado de salvarlo siguiendo el método de cierto charlatán ruso, no le daba antibióticos ni analgésicos, solo hierbas y tierra, es decir preparados a partir de polvo procedente de lugares sagrados que solo conocía ese idiota milagrero. Poco antes de la muerte de Kostia, Galia confió con los ojos cerrados en otro santero, un herbolario tibetano que no era en absoluto tibetano, sino un kazajo astuto de la región del río Amur. Un poco después, Galia se obsesionó con los yoguis.

Cada vez que emprendía una de sus aventuras involucraba al hijo, que con los años oponía mayor resistencia hasta que al final acabó rechazando por completo las búsquedas espirituales de su madre. En cualquier caso, no la siguió más allá del yoga. Y Galia recurrió a prácticas orientales todavía más raras.

En todas las empresas, Galia progresaba con éxito al principio y crecía; después se revelaba como una nueva adepta de una fe más verdadera. Había abandonado a los Hare Krishna por los budistas, luego se había ido de retiro con los pentecostalistas, y después con los cienciólogos, antes de encontrarse con el judaísmo. Esa situación grotesca se había producido gracias a un calendario mural económico que abarcaba toda la década siguiente. Era un calendario de gran formato, impreso en un magnífico papel grueso que representaba paisajes de Palestina. Ese calendario Galia se lo había llevado como regalo de Año Nuevo, que, para los judíos, comenzaba en otoño, y no un día concreto, digamos del mes de septiembre, sino cuando tocara, cada año en una fecha diferente... Los paisajes del Sinaí, del Mar Muerto y de los jardines de Galilea –en los últimos años cultivados de nuevo– eran maravillosos, y Zhenia, a su vez, había dado el calendario a Lilia que, a pesar de su cristianismo de adquisición reciente, seguía siendo judía y nunca se olvidaba de subrayar con orgullo (por si alguien lo había olvidado) que la Virgen María y el mismo Jesús, por no hablar ya de San Juan Bautista y de todos los apóstoles sin excepción, eran judíos de pura cepa. En el ámbito de la Iglesia ortodoxa, adonde la había llevado su fe, aquel recordatorio no era políticamente correcto y contrariaba enormemente a algunas personas...

Con Lilia, sin embargo, todo estaba claro. Pero aquel último viraje de Galia en su búsqueda espiritual sorprendía a Zhenia, si bien hacía mucho que ya no quedaba espacio ni tiempo para maravillarse. No entendía qué necesidad podían tener los judíos de aquella beldad ya envejecida del pueblo de Málaya Pokrovka. Zhenia no creía en el altruismo de las religiones. Al principio había supuesto que Galia se había dejado seducir por un judío viudo y barbudo, y esperaba que de un momento a otro Galia se iría de la lengua, que le comunicaría la boda inminente (a este respecto no se complicaba mucho: en cuanto surgía el más mínimo indicio ella ya se casaba), y Zhenia calculaba mentalmente cuál sería esta vez el número de matrimonio fallido... ¿El quinto o el sexto? Pero no ocurrió nada por el estilo. Durante mucho tiempo Galia asistió a cursos, leyó la Torá, no por cuenta propia sino en algún seminario, y, al final, un día que había ido a pedirle dinero prestado a Zhenia, rechazó beber y comer porque Zhenia no era *kosher*, es decir, no preparaba los alimentos según los preceptos del judaísmo, y además Galia ya no se llamaba Galia sino Hava. Ese día Zhenia estaba tan cansada que no había podido contenerse y le preguntó con acritud:

—Dime, Hava, ¿y el dinero sí que lo puedes coger de alguien que no es *kosher* como yo?

Se arrepintió enseguida de su maldad, pero Galia frunció su frente antigua, sin la menor arruga, reflexionó un instante, después dejó de nuevo el dinero sobre la mesa y dijo con una seriedad desgarradora:

—No lo sé. Tengo que preguntárselo al profesor.

Y a Zhenia después le había llevado un rato convencerla de que aceptara el dinero. Sabía que no tenía lo suficiente para vivir.

Los hijos se burlaban bondadosamente de Zhenia, sobre todo Sasha, que ya era adulto, y su marido de vez en cuando le hacía observaciones perspicaces, llamándola Banco de las Causas Perdidas o Madre Santa Teresa de Moscú y alrededores; un día que tenía un humor de perros él la había pinchado diciéndole que la ayuda que Zhenia prodigaba a la humanidad derivaba de la superioridad de los guapos e inteligentes sobre los feos y los estúpidos...

Y entonces Zhenia se irritó inesperadamente:

—¡Sí! ¡Exacto! ¿Y según tú qué debería hacer con todos vosotros, monstruos feos y estúpidos? ¿Enviaros a todos a paseo?

En ese momento fue Kirill quien se ofendió. Así transcurrían sus vidas...

3

El último día antes de su partida comenzó con una llamada telefónica. Una voz lenta y melodiosa con acento caucásico preguntó por Zhenia:

–Soy yo, Violeta, hoy vengo a hacerle la limpieza.

Zhenia, medio dormida, se aclaró la garganta intentando poner en orden sus pensamientos. Quería responderle que aquel día no le iba bien, que se iba de viaje al día siguiente y volvería dentro de diez días, y que entonces ya se pondrían de acuerdo... Pero luego pensó: ¿Y por qué no? Que viniese la tal Violeta dos veces por semana, que hiciese la limpieza, cocinara y mimase un poco a sus hombres... Cada vez que se ausentaba por su trabajo, Zhenia tenía un ligero sentimiento de culpabilidad hacia su familia y su hogar...

–De acuerdo, venga.

–Llegaré pronto, dentro de tres horas, más o menos. Todavía tengo que preparar a los niños...

Zhenia echó una ojeada al reloj: eran las ocho menos cuarto. Tenía que pasar a recoger su billete por la oficina de Lufthansa a las cuatro y antes resolver algunas tareas que eran algo así como limpiar los establos del rey Augías. La tintorería, correos, la administración de la casa ya estaban tachados de la lista antes de las once. Y a las once en punto sonó el timbre de la puerta. Zhenia abrió y se encontró de cara un ramo de minúsculos crisantemos tras el cual sonreía una mujer gorda que vestía un abrigo adornado con cintas y tocada con un chal rosado todo resplandeciente de hilos dorados. Una niña de diez años estaba a su derecha y un niño en edad preescolar a su izquierda. El niño tenía en las manos un camión de un tamaño aproximado al natural, y la niña, una cestita especial con una tapa entreabierta de donde asomaba una enorme cabeza de gato...

–Los mayores están en la escuela y yo no me separo nunca del pequeño. Elvira tiene tos, por eso no ha ido a la escuela. De todas maneras, es la mejor de su clase.

138

Mientras Zhenia, con las flores amarillo mostaza en la mano, asimilaba la nueva situación, Violeta se desvistió, le sacó a Ahmed la cazadora de piel y les quitó cuidadosamente a todos los zapatos, que ordenó según el tamaño, de los más pequeños a los más grandes, alineándolos por las puntas. Cubrió todos los pies con unas zapatillas de punto, después los tres se dirigieron al comedor y se sentaron a la mesa. El gato estaba instalado tranquilamente sobre el regazo de la niña, con una expresión severa en su cara gris. Más tarde resultó que Violeta era una auténtica joya. Su hija mayor, de dieciocho años, había muerto en un incendio durante un bombardeo en Grozni. El pequeño Ahmed con su camión pasó una temporada en un hospital: abrieron fuego contra toda la familia mientras recorrían un pasadizo, el niño había resultado herido en un brazo y el padre en una pierna. La explosión había dejado sordo al gato y desde entonces Elvira cargaba con él a todas partes. Una buena muchacha, se compadecía de un pobre inválido.

Violeta abrió la cremallera de su bolso, sacó un sobre y extendió sobre la mesa papeles y fotografías.

–Este es mi diploma, casi con mención honorífica. Las referencias de trabajo. Este es mi padre, es una fotografía de después de la guerra, todavía era joven. Ah, y aquí está mi pasaporte. Las partidas de nacimiento de Ahmed, Elvira, Iskander y Rustam. Este es nuestro retrato de boda. Mi marido era ingeniero jefe. Su fábrica ya no existe. Y aquí está mi hermano mayor y su familia. Dos niñas y tres varones. Mire. Esta es la última fotografía antes de la guerra, aquí mi hija mayor tenía la misma edad que tiene ahora Elvira, diez años y medio. Y aquí tiene un recorte del periódico de nuestra república: cuando mi marido cumplió cincuenta años, antes de la primera guerra, lo condecoraron con la orden al mérito...

La mesa estaba cubierta de fotografías y papeles, y a Zhenia el corazón le daba punzadas, como un diente después de la anestesia.

–Cuando Alla Aleksándrovna me dijo que usted era su amiga me puse tan contenta... Hace tanto por nosotros, como si fuera de la familia. Me caí de una escalera, tuve una conmoción cerebral y ella me encontró plaza en un hospital, los médicos son tan amables. Pero la cabeza todavía me da vueltas...

Zhenia examinaba las fotografías, fragmentos de vida, un puzle roto que nunca volvería a recomponerse...

–Violeta, si tiene una conmoción cerebral tendría que ser yo la que fuera a fregar el suelo a su casa en lugar de...

Violeta se echó a reír por la broma y sus dientes de oro resplandecieron.

–Alla Aleksándrovna también dice que es un poco pronto para que vuelva a hacer tareas domésticas. Pero antes trabajaba en el puesto de comida Ñam-Ñam, vendía pastelillos de carne. No los compre nunca, es comida adulterada. Mi sitio lo ha ocupado una tártara de Bakú. Y ahora ya no se quiere ir. El puesto tiene buena calefacción y el invierno está a la vuelta de la esquina. La mayoría de los nuestros trabajan en el mercado: las mujeres venden, los hombres descargan cajas y los que tienen más suerte son chóferes. Tengo un hermano en Rostov, otro partió a Turquía. Mi hermana se quedó en Grozni con nuestros padres. Allí todavía es peor que aquí. Aunque están en casa... No pensaba que la vida tomaría este rumbo. Yo soy ingeniera especializada en la prevención de accidentes laborales, trabajaba en la administración... Pero la limpieza se me da bien; mi casa estaba limpia como una patena, todo impecable y bonito, no faltaba de nada: el frigorífico Rozenlev, un servicio de té alemán, dieciocho alfombras... ¡Ah, qué bien vivíamos! Mientras que ahora lo tenemos todo amontonado en una sola habitación, ¡y eso gracias a Alla Aleksándrovna! Es el comité de refugiados el que nos la alquila... Ella también encontró trabajo para Aslan como vigilante en la oficina de su hijo... Él cojea ahora, ya no sirve para descargar cajas. Y además ya tiene más de sesenta años.

Continuaba hablando y hablando sin parar. Los niños estaban tranquilamente sentados, como si los hubiesen pegado a las sillas. Ahmed apretaba su camión nuevo contra el pecho. Elvira tenía sobre las rodillas el gato, que dormía como un animal bien educado.

Zhenia le daba vueltas a la cabeza una y otra vez. Era una familia numerosa. Por mucho que le pagase a Violeta nunca sería suficiente para alimentar a su manada. Si la contrataba como asistenta en la editorial, como máximo dos mil rublos... ¿Podía buscarle algún trabajo en una dacha? Pero nadie acogería a una familia tan numerosa...

—Bueno, entonces... —dijo Zhenia.

Justo en ese momento sonó el teléfono. Hava se alegró de encontrarla en casa.

—Llevo toda la semana llamándote y nunca te encuentro. ¡Paso a verte! ¡Ahora mismo!

—De acuerdo. Pero que sea enseguida —respondió Zhenia—. Bueno, esto es lo que vamos a hacer... —prosiguió.

Y de nuevo sonó el teléfono. Esta vez era Lilia. Las dos mujeres no se conocían, pero siempre se manifestaban en paralelo.

—¡Mi pequeña Zhenia! —comenzó Lilia en tono recitativo—. Quería darte las gracias una vez más. Cuando abro el frigorífico siento que se me derrite el corazón: veo todas tus cajas de comida, está todo tan delicioso, justo lo que necesito para mi boca desdentada. ¡Eres una auténtica madre para mí!

—Mejor di como una abuela —refunfuñó Zhenia.

Lilia soltó una risita.

–De acuerdo. Mi abuela cocinaba mejor que mi madre. Quería darte las gracias y..., y que tu ángel de la guarda te proteja durante el viaje... –Había pronunciado titubeante esa frase del ángel de la guarda, a sabiendas del crítico espíritu anticlerical de Zhenia. Pero esta soportó lo del ángel, y Lilia terminó de manera típicamente cristiana–: Rezaré por ti, como por los que están en el mar y de viaje.

–Muy bien. En ese caso cogeré el traje de baño... Te llamaré más tarde. –Y colgó–. Bueno, Violeta, yo mañana me voy de viaje y estaré fuera diez días, y considere que ya está contratada. Pero comenzará a mi regreso. De momento... –Zhenia rebuscó por la estantería donde se encontraba la azucarera y, al lado de la azucarera, una caja de galletas llena de monedas de todo tipo, incluso billetes–, tome esto como anticipo.

El billete verde pálido yacía sobre un montón de papeles negros y blancos y de recortes de periódicos grisáceos.

–¡Alabado sea Alá! –gritó Violeta, alzando ligeramente las manos rojas cruzadas ante sí–. Hay todo tipo de gente sobre la Tierra, pero Alá nos envía buenas personas. Se lo pagaré con mi trabajo...

Después se quitaron las zapatillas de punto, se pusieron los zapatos, el gato se deslizó dócilmente dentro de su cesta y Zhenia sintió que el dolor de dientes se le extendía por todo el cuerpo...

Había bajado ya el día antes la maleta del altillo. La ropa interior y otras prendas menudas estaban apiladas, el neceser con todos sus cosméticos y otro viejo, con las medicinas... Una bata fina, dos jerséis... Hava todavía no había pasado a buscar sus treinta y dos dólares, y Zhenia se encontraba en un estado de ánimo complejo: rebosaba piedad y compasión hacia la chechena de manos rojas que sobrellevaba con dignidad su caída social y al mismo tiempo sentía la comezón del enfurecimiento de siempre, casi contrarrestada por el pensamiento habitual de que cualquier relación con cualquier persona comporta la necesidad de tolerar su estupidez y su negligencia... Al igual que la locura, más o menos bien escondida, profundamente inscrita en casi todas las personas. «Dado que no eres capaz de decir de una vez por todas: ¡A freír espárragos!, siéntate aquí a esperar que esa culona parsimoniosa se deje caer por tu casa», se consolaba Zhenia. Ya eran casi las tres, tenía que ir a buscar el billete, pasar por la editorial, comprar un regalo para una vieja amiga que vivía en Berlín... Luego, por la noche, alguien tenía que traerle una carta o unos documentos para entregar en Frankfurt.

Cuando por fin llegó Hava, Zhenia, al límite de su paciencia, estaba ya delante de la puerta, con la chaqueta puesta. Metió la mano en el bolsillo donde tenía el dinero preparado: estaba tan cansada e irritada que no le quedaban palabras.

Hava estaba en el umbral, vestida con un largo abrigo negro y una especie de turbante negro sobre su pequeña cabeza, y todo aquel negro le quedaba bien a aquella belleza nívea que no envejecía.

—Hay que ver, zorra, ¡estás tan guapa que pareces una diosa! —le soltó Zhenia con perversa admiración mientras le daba el sobre—. Hace una hora que te espero, me tiemblan las manos de la prisa que tengo...

Hava guardó con cuidado el sobre dentro de su bolso y comenzó a desabrocharse lentamente los botones negros que espejeaban. Sus ojos también despedían el mismo reflejo espejeante, pero azul celeste.

–Gracias por haberme esperado. ¿Por qué dices palabras soeces, Zhenia? Bueno, yo sé muy bien que tienes un corazón de oro, pero otros podrían pensar que...

–Dime, ¿por qué te quitas el abrigo? ¿Es que no ves que voy a salir? Llego tarde ya...

–¡Solo voy un momento al baño! –dijo Hava y se adentró majestuosamente en el apartamento. Debajo del abrigo negro llevaba un vestido negro y las medias también eran negras.

Después salió del baño moviendo un poco los labios.

–No –dijo Hava como si hablara consigo misma–. No, tengo que decírtelo. Es verdaderamente importante. Siéntate un minuto.

Zhenia estaba literalmente aturdida por el estupor.

–Galia, ¿te has vuelto loca? Te digo que llego tarde...

–¿Sabes, Zhenia?, hoy es una gran fiesta, el Yom Kippur. ¿Lo entiendes? El Día de la Expiación. Es como la Cuaresma, pero concentrado en un solo día. Este día no se bebe ni se come. Solo se reza. Es el Día de Dios. El Día del Reposo.

Zhenia se puso a atarse el cordón de la bota derecha. El cordón no le pasaba por debajo del gancho metálico.

–Sí, del reposo –repitió Zhenia sin pensar–. Vístete, Hava, que ya has hecho que me retrase una hora.

Hava descolgó su abrigo festivo y se quedó inmóvil.

–¡Zhenia! No hay que vivir siempre con prisas, como tú haces. No hay que hacerlo por norma general, pero hoy todavía menos.

Zhenia estiró del cordón y se rompió. Tiró al suelo aquel trozo de cuero delgado. Arrojó la bota, se calzó unos mocasines. Al levantarse, se le nubló la vista, bien por el cambio de posición brusco, bien por el arrebato de ira.

Hava se puso el abrigo y se miró en el espejo: ni rastro de prisa en su cara, solo paz y serenidad.

Mientras Zhenia cerraba la puerta, Hava llamó al ascensor. Estaba a su lado, con esa sonrisa misteriosa en la cara propia de la gente que sabe lo que los otros no saben. El ascensor se detuvo con un chasquido. Hava entró. Zhenia corrió escaleras abajo haciendo resonar estrepitosamente sus suelas de cuero.

Zhenia estaba sacando aún del buzón un sobre grande metido de lado y roto por un extremo cuando Hava llegó sosegadamente a la planta baja. Salieron juntas del edificio.

—¡Que te vaya bien! —le espetó Zhenia a la carrera.

—¿No coges el metro?

—No, tengo ahí el coche... —dijo Zhenia con un gesto vago.

El coche estaba efectivamente aparcado en un callejón, y Zhenia tuvo miedo de que Hava se apuntara. Tendría que pasarse media hora más escuchando sus enseñanzas morales... De hecho, Hava, apretando el paso, iba detrás de Zhenia, en dirección opuesta al metro.

—Ya veo que tienes prisa, mi pequeña Zhenia. Pero lo que quiero decirte es muy importante: el Talmud dice que la prisa no trae nada bueno...

—Sin duda —asintió Zhenia—. Pero ahora tengo que ir al otro lado.

Se sentó en el coche y cerró de un portazo. Hava abrió la portezuela y dijo con reconcentración, con aires de importancia:

—El Talmud dice que hay que servir al Señor y no a los hombres. ¡Al Señor!

Zhenia puso en marcha el coche, que enseguida arrancó (¡qué maravilla!) y partió a toda velocidad, lanzando sobre Hava los gases del tubo de escape.

Hava la seguía con la mirada, con una bella sonrisa triste en los labios.

4

Era por la tarde temprano cuando Zhenia tachaba con deleite los puntos de la lista que había cumplido. Finalmente había conseguido hacerlo todo. Estaba particularmente satisfecha con el regalo para su amiga de Berlín; una joven modista postrada en una silla de ruedas, a la que incluso había tenido tiempo de visitar, había cosido una chaqueta preciosa de patchwork, y las dos habían quedado satisfechas, tanto Zhenia como la modista, que había recibido una suma de dinero nada despreciable. Quedaban algunas pruebas sin demasiada importancia que tendría tiempo de hacer a su regreso... La maleta estaba lista y la cena para su familia ya preparada: Kirill leía una tesis delante del televisor y de vez en cuando resoplaba, bien a causa del presentador, bien a causa del autor de la tesis. Grisha estaba plantado delante de su ordenador.

La naturaleza, que tiene horror al vacío, empujó a Zhenia hasta el horno. Si bien había comprado alimentos, a sus hombres no les gustaba cocinar, así que se puso a preparar algunos platos.

«Los meteré en el congelador», decidió Zhenia.

Esta vez todo estaba perfectamente organizado: el cargamento de libros de la editorial estaba listo y empaquetado y todos los documentos en regla. Su ayudante, aquel chico tan espabilado, llevaría la caja directamente al aeropuerto de Sheremétievo.

La comida estaba todavía caliente, era pronto para meterla en el congelador.

«Creo que tengo tiempo aún de darme un baño...» Abrió el agua, y el chorro golpeó contra el fondo esmaltado. Grisha se desconectó de internet y enseguida comenzó a sonar el teléfono.

«Hay que instalar esa maldita segunda línea», recordó Zhenia. Era Lilia al teléfono. Sollozaba.

–¡Lilia! ¿Qué pasa? –se alarmó Zhenia.

Lilia solía ser capaz de estallar en una carcajada sonora y en un llanto amargo, pero desde su enfermedad solo sonreía en silencio.

–¿Puedo desahogarme contigo? Me desahogaré rápido y tú olvidarás al instante lo que te voy a contar, porque yo misma me doy cuenta de que es una tontería, ¡solo que me da mucha rabia!

Zhenia no sabía lo que le había pasado, pero no cabía duda sobre quién podría haberla hecho enfadar...

–¿Qué te han hecho ahora?

Lilia resoplaba, se sorbía los mocos.

–Se lo han comido todo... Imagínatelo, abro el frigorífico y no había ni uno de tus tarros. Solo una sandía grande partida en dos. Voy a verlas a su habitación y tienen invitados. Gente joven. Ese tipo odioso, el amigo de Irina, y el otro con el que sale ahora Marisha, un programador. Irina ha abierto la puerta y me ha preguntado qué quería. Y yo le he dicho: ¿Dónde están mis calabacines? Ella me ha respondido que los invitados se los habían comido. Entonces le he dicho: ¿Por qué los habéis invitado? Ella me ha contestado que había una fiesta. Yo me he sorprendido, le he preguntado qué fiesta era y ella se ha puesto a reír de una manera... de una manera repulsiva... Me ha llevado a mi habitación y ha apuntado el dedo sobre tu calendario y me ha dicho: ¿Lo ves? ¡Es fiesta! ¡Yom Kippur! No han dejado nada, ni calabacines, ni remolacha... Si supieras qué rabia...

–Venga, Lilia. No merece la pena enfadarse con ellas. Todavía son unas crías, sentarán la cabeza cuando crezcan... Fuiste tú la que las mimaste, la que las educaste así, por eso debes tener paciencia. Y además tú tienes un instrumento, Lilia: reza. Tú eres capaz...

Pero a Zhenia las sienes le zumbaban de la rabia. Casi como durante el día, cuando Galia-Hava le había dado lecciones sobre cómo se debía vivir. Más fuerte, incluso.

–¡No te aflijas, Lilia! Dime qué quieres que te traiga de Alemania...

Ella colgó. Zhenia separó una parte de la comida todavía caliente en recipientes de plástico. Los puso en una bolsa y gritó a Kirill:

–Kirill, me dejaré caer por casa de Lilia. Vuelvo dentro de una horita.

–¡Zhenia! Hablas como los nuevos rusos. ¿Qué es eso de «me dejaré caer»?

Pero ella no le escuchaba, corría ya escaleras abajo, tratando de contener la ira. Oh, con qué gusto les habría soltado un par de bofetadas a esas dos preciosas cabecitas huecas.

Abrió la pequeña Irina. Se alegró de verla. Llegaban algunos gritos de la pequeña habitación, apestaba a humo como en una taberna.

–Mamá había dicho que te ibas de viaje –exclamó Irina, batiendo las pestañas cargadas de rímel.

–Me voy mañana. Le he traído algo de comer a tu madre. Parece que ya se ha acabado todo.

–¡Irina! –llamó Irina a su hermana, y Zhenia se dio cuenta de que otra vez las había confundido. Tenían un extraño parecido: cuando estaban juntas se sabía enseguida quién era quién, pero por separado era imposible adivinarlo.

La auténtica Irina apareció. Había bebido un poco y se reía a carcajadas dejando al descubierto unos dientes resplandecientes que la naturaleza había hecho tan bien como los falsos.

–¡Oh, me muero! ¡Mamá nos ha delatado!

Zhenia, consumida por las llamas del odio, sacó los recipientes templados con un gesto lúgubre.

–Pero veamos, tía Zhenia. ¡Era una broma! ¡No hemos cogido su comida! Solo la hemos sacado del frigorífico para poner la sandía a enfriar. Hemos puesto sus botes en el alféizar. Mamá se ha vuelto insoportable, tiene que meter las narices en todo, viene a espiar lo que hacemos en nuestra habitación...

La segunda, Marisha, lo confirmó:

–Somos adultas. Tenemos nuestra vida. No deja de darnos lecciones...

La puerta de Lilia se entreabrió. Asomó una cabeza por la rendija, como una tortuga que sale de su caparazón, dispuesta a regresar inmediatamente dentro.

–¡Oh, mi pequeña Zhenia! ¡Has venido! Perdóname, soy una idiota. Las chicas están celebrando una fiesta. Perdonadme, niñas. Yo no sabía que era Yom Kippur...

Zhenia estaba allí plantada con sus calabacines como una tonta. Y de repente todo aquello le pareció absolutamente cómico. Se echó a reír con una sonora risita infantil:

–Bueno, ¡al diablo con todas vosotras!

Lilia se apresuró a hacer la señal de la cruz en el aire: ese tipo de invocaciones le daban miedo.

–¡Pequeñas tarugas! Durante el Yom Kippur se guarda un ayuno estricto, ni se come ni se bebe –explicó Zhenia como si hubiera sabido de ese Yom Kippur judío toda la vida y no hubiese oído hablar de él por primera vez aquella mañana.

Lilia caminaba hacia ella apoyándose en la pared porque había dejado su hermoso bastón al lado de la cama.

–¡Zhenia! ¡Gracias por haber venido! ¡Que el Señor esté contigo!

149

Kirill ya dormía cuando Zhenia se deslizó en el dormitorio. Estaba de un humor excelente. Había tenido tiempo de hacerlo todo. Esas chicas, por supuesto, eran unas pequeñas sabandijas, pero podrían ser mucho peor. Zhenia echó una ojeada al despertador: eran las doce menos cuarto. Lo puso a las cinco y media porque su avión salía muy temprano. Y el teléfono sonó. Era Hava.

–¡Zhenia! Perdona si te he ofendido. Pero tengo que decírtelo, es muy importante. El Talmud dice que no es correcto que una persona haga cosas para que los demás se sientan bien, pero que ella misma se sienta mal... Hay que sentirse bien. Tú vives de manera equivocada. Las personas deben sentirse bien.

Hablaba en tono serio, con el corazón en la mano. Y Zhenia sonreía, imaginándose su rostro esculpido, sin duda uno de los rostros de mujer más bellos que conocía. Y con esa figura que tenía... Era una tonta al cuadrado.

–¡Hava! ¿Qué es lo que te hace pensar que estoy mal? Me siento muy bien. Me siento perfectamente. Oye, ¿y qué dice el Talmud sobre la fecha en la que me devolverás mi dinero?

Hava guardó silencio. Se conocían de toda la vida. Le había pedido prestado decenas, cientos de rublos y de kopeks que nunca le había devuelto. Y ahora se preguntaba a qué se refería Zhenia.

–¿De qué estás hablando?

–De los treinta y dos dólares por los libros de las Sagradas Escrituras –se apresuró a responder Zhenia–. ¿De qué, si no?

–¡Ah! –respondió Hava con un suspiro de alivio–. Te los devolveré en cuanto regreses.

—¡Perfecto! Buenas noches.

Zhenia colgó.

Kirill se movió hacia la pared, dejándole más sitio, le tendió la mano somnolienta y musitó:

—Mi pobrecita...

Pero Zhenia sonreía. Se sentía bien: otro día de tranquilidad había terminado.

El día siguiente, por el contrario, prometía ser intenso.

5

El conductor Liosha, al que Zhenia apreciaba por su puntualidad que no tenía nada de eslava, llegó a la hora con su viejo Lada y subió a coger la maleta. Zhenia estaba preparada, pero quería despedirse como es debido de Kirill y darle las últimas instrucciones.

—¿Quieres que te acompañe al aeropuerto? —le preguntó por cortesía.

Zhenia sacudió la cabeza.

—Bueno, pues buen viaje: como se suele decir, «mucha mierda», que todo vaya a pedir de boca. —El marido la besó en la sien, y ella sintió su olor masculino: no un perfume de agua de colonia sino un olor natural: a hierba seca y a serrín. Un perfume puro y bueno.

—Pórtate bien —dijo Zhenia, dándole un beso en la barbilla rasposa—. No quiero despertar a Grisha, prefiero que duerma.

Kirill la acompañó hasta el ascensor, apretándose la bata contra la barriga, pues la cintura había desaparecido quién sabe dónde.

Liosha ya había metido el equipaje en el maletero. Y se pusieron en camino por un Moscú todavía desierto a aquella hora de la mañana. El asfalto estaba húmedo, cubierto de rocío.

«Sí, en la ciudad olvidamos que hay rocío, una pequeña brisa que sopla antes de amanecer y la luz oblicua del crepúsculo», pensó Zhenia alegrándose por la frescura de sus pensamientos; incluso lamentó todas esas ocasiones perdidas de la vida y con decisión se sumergió más profundamente en sus reflexiones. «Es verdad lo que dice Kirill, estaría bien mudarse fuera de la ciudad. Pero no sé cómo... Seguramente no a una de esas villas para nuevos ricos, además no tenemos tanto dinero. Pero una vieja dacha con encanto y sin alcantarillado tampoco es que me apetezca... Allí el alba se levanta lentamente, hay rocío...»

Y en el acto fue como si oyera la voz de Grisha: «Ya empiezas, mamá, eres una pesada...». Sí, claro que lo era, pero no hacía daño a nadie.

En la carretera, tal como le había deseado Kirill, todo iba a pedir de boca: los semáforos en rojo se ponían en verde al verlos acercarse. Zhenia miraba el reloj: iba bien de tiempo. Y una vez más sonrió. Todo se desarrollaba según lo previsto, había cumplido las tareas y pronto adelantaría las manecillas de su reloj dos horas, y durante diez días viviría en otro tiempo, en un tiempo extranjero, donde todo fluye más despacio, mucho más con aquel margen de dos horas de reserva robadas...

Y precisamente en ese lugar, en el momento en que sus pensamientos transicionaban suavemente entre la vida en el campo y la libertad en el extranjero, se produjo el choque. Saliendo de una calle lateral a una velocidad cinematográfica, un Audi rojo que se disponía visiblemente a cruzar la calle de Leningrado colisionó de lleno contra el lado derecho del Lada. Pero Zhenia, que estaba sentada medio girada hacia el conductor, no tuvo tiempo de darse cuenta. Los co-

152

ches, dando vueltas en el aire, salieron proyectados en direcciones diferentes por el impacto. Zhenia no vio ni el coche rojo aplastado ni el montón de chatarra de donde extrajeron el cuerpo del meticuloso Liosha, que nunca se había retrasado, ni la ambulancia que la llevó al Instituto Sklifosovski.

Tardó tres días en recobrar el conocimiento. En ese tiempo la habían sometido a una operación de ocho horas, le habían recompuesto como habían podido los huesos fracturados de la pelvis, el corazón se le paró dos veces, y las dos veces fue puesto de nuevo en marcha por Kovarski, un anestesista delgaducho... Enseguida Zhenia tuvo ganas de hacerle una pregunta: ¿por qué lo ha hecho si sabía con seguridad que la persona que devolvía a la vida nunca más se volvería a levantar y que arrastraría una existencia miserable? Y él no habría podido darle una respuesta sensata.

Cuando después de tres días en coma volvió en sí, durante mucho tiempo no pudo darse cuenta de qué le había pasado. Ni siquiera comprendía a quién le había pasado aquello. Bueno, ella se acordaba de su nombre, de su apellido, de su dirección: todas esas preguntas se las habían hecho desde el momento en que había abierto los ojos. Pero no se sentía el cuerpo, no solo ya que no tuviera dolor. Ni siquiera sentía los brazos ni las piernas. Por eso, después de responder el cuestionario al que la habían sometido por razones médicas, había preguntado si estaba viva o no... Pero no había oído la respuesta porque de nuevo había perdido el conocimiento... Sin embargo, esta vez tuvo sueños lánguidos, veía imágenes desprovistas de sentido que le dejaban una sensación de vacío, igual que hacer zapping mientras se ve la televisión...

Al cabo de diez días salió de la unidad de cuidados intensivos y la trasladaron a una habitación. Kirill la esperaba en la sala, aunque no eran horas de visita. Sabía que las cosas iban muy mal y se preparaba para lo peor, pero todo resultó ser aún peor de lo que había podido imaginar. No la reconoció. La cabeza rasurada, con una venda en la frente, la cara enflaquecida y sombría; no tenía nada que ver con la que había sido. La pequeña herida de la cabeza y la conmoción cerebral no eran más que un apéndice insignificante en una larga lista de traumatismos, la columna vertebral incluida. Le habían informado ya de que su mujer había perdido la movilidad. Pero no le habían advertido de que en el lugar de Zhenia ahora había otra persona: lúgubre, taciturna, casi ausente... Respondía a las preguntas haciendo señales con la cabeza, pero ella no formulaba ninguna. Ni sobre la editorial, ni sobre su hijo mayor Sasha, que vivía en el extranjero desde hacía un año, ni sobre sus amigas... Kirill intentaba contarle quién la llamaba por teléfono, los hechos que sucedían fuera del hospital. Pero no le interesaba nada, ni siquiera saber cómo Grisha y él se las apañaban, qué compraban para comer y qué cocinaban...

Llevaban casados más de veinte años y su matrimonio había sido complicado: se habían separado dos veces. Zhenia incluso había tenido tiempo de casarse con un tipo extraño que procedía de algún rincón de Siberia, que se había presentado como un cazador y había resultado ser un agente del KGB de medio pelo... Kirill, que había encajado aquella aventura a trancas y barrancas, se había ido a vivir con una de sus estudiantes, pero las cosas tampoco llegaron a buen puerto. Hacía diez años que se habían reencontrado de modo definitivo e irreversible, no porque les resultara fácil vivir juntos, sino por motivos de otra índole: se conocían el uno al otro como a sí mismos, en la medida en que es posible conocerse uno mismo, incluso los más diminutos rodeos del pensamiento, cuando conversar ya no es necesario y solo manifiesta la costumbre de pronunciar palabras. Se fiaban más del otro que de sí mis-

mos. Conocían sus debilidades y habían sido capaces de amar-
las. La ambición de Zhenia, la obstinación de Kirill... Ella, la
mujer de éxito a la que todo le iba bien, y él, el desafortunado
que obtenía lo que quería cuando ya no servía para nada...

Y ahora Kirill, sentado al lado de su mujer, con toda la
obstinación de su carácter, se esforzaba en comprender lo
que le pasaba a Zhenia. Él era un científico con cierta defor-
mación particular del pensamiento: consideraba el mundo
desde el punto de vista de la cristalografía, su disciplina principal. Hacía tiempo que había logrado extraer de los cristales una teoría estructural que era, según su profunda convicción, la ciencia fundamental y casi la única del mundo
actual, de la cual derivaba todo lo que existía: las matemáticas, la música, todas las estructuras orgánicas e inorgánicas e
incluso el pensamiento humano estaban organizados como
los cristales... Él lo había adivinado ya en la escuela secunda-
ria, pero solo veinte años después, tras haber defendido su
tesis, una vez obtenido el doctorado, se forjó una reputación
extraña a medio camino entre genio y tipo estrambótico, o
quizás solamente de chiflado, que había realizado un auténtico descubrimiento: las enfermedades de las estructuras cristalinas. Las había descrito y clasificado. Con mirada perseve-
rante había examinado los oscilogramas, los espectrogramas
y otros datos del microscopio electrónico, escribía fórmulas y
manipulaba las propias estructuras mentales llegando a la
convicción cada vez más profunda de que había verificado el
fenómeno del envejecimiento de la materia, y que dicho envejecimiento se derivaba de las enfermedades que afectaban
localmente ciertas estructuras cristalinas. Y que sería posible
luchar con la enfermedad si encontraba cómo conectar las
regiones afectadas que tendían a desestructurarse.

Aquellas eran las ideas de Kirill, por eso veía a Zhenia
como un cristal enfermo, y las estructuras estropeadas no

eran las fracturas severas de los huesos de la pelvis y de la cadera, ni las lesiones de su columna vertebral, no, era la personalidad de Zhenia la que estaba dañada. Miraba su cara paralizada, casi desprovista de mímica, escuchaba sus «sí» y sus «no» lacónicos, e intentaba penetrar en su interior; y se horrorizaba por la destrucción total que observaba en ella: los miles de electrones de valencia gracias a los que estaba en contacto con el exterior habían caído como las agujas de un alerce, y su electricidad ininterrumpida se había agotado, y antes incluso de que Zhenia lo hubiera expresado, sabía que su único deseo ahora era morir y que ella, que siempre conseguía todo lo que se proponía, buscaría la manera de hacerlo... Con una vida así no tenía nada que hacer. No tenía nada que ver con los dolores, que le calmaban con inyecciones y perfusiones, ni con el caparazón de yeso que comprimía su ahora odioso cuerpo, ni con los catéteres, ni con las lavativas ni con nada en particular. Aquella no era una vida, sino una caricatura mezquina, un espejo mágico en el que todo lo que antes era bueno, sencillo y natural había sido sustituido por algo monstruoso y humillante. La comida, ese placer indispensable para vivir, era ahora un obstáculo para la muerte deseada; el trato con la gente, del que siempre había estado ávida y en el que siempre se había mostrado generosa, había perdido su sabor, puesto que ya no podía darle nada a nadie y consideraba imposible recibir cualquier cosa... Giraba la cara y cerraba los ojos cuando las visitas entraban en su habitación. No era necesario. Por favor, no. No vale la pena.

Solo había sonreído una vez: cuando su hijo Sasha había vuelto de África. No se había comportado de manera muy masculina. Al ver a su madre, se había hincado de rodillas ante su cama, había apoyado la frente contra el colchón y se había deshecho en lágrimas. En ese instante Zhenia había llorado también por primera vez.

Pasó un mes, después otro. Continuaba atada al gotero, no comía casi nada, solo bebía agua mineral, perdía peso y se secaba. No hablaba. Y Kirill, que había arrojado la toalla, permanecía a su lado, cogiéndola de la mano y pensaba... No le venían a la cabeza grandes ideas, pero encontró un cirujano traumatólogo, Iliásov, un viejo azerbaiyano con ideas propias. Examinó detenidamente a Zhenia, analizó la infinidad de radiografías que se habían ido acumulando y propuso hacerle, pasado cierto tiempo, cuando los huesos sujetos por clavos metálicos se hubieran soldado, no una operación, sino una especie de revisión porque, bajo su punto de vista, debía haber en alguna parte un hematoma en el que valía la pena trabajar...

Al cabo de tres meses le pusieron un corsé y le dieron el alta. No podía andar. Una pierna seguía doliéndole, la otra no la sentía. Pero las dos tenían un aspecto horroroso, azuladas, delgadas, con una piel seca que se descamaba. La habían llevado a casa en una silla de ruedas. Zhenia iba sentada en ella. El hecho de que estuviera sentada y no tumbada ya representaba todo un progreso.

Y además estaba el balcón. Se encontraba en la habitación de Grisha y estaba cerrado herméticamente hasta la primavera. Tenían que pasar tres meses antes de que pudieran sacarla con la silla al balcón, y ella, para entonces, debería haber recobrado las fuerzas para poder levantar ese cuerpo odioso, esa carroña fláccida, y tirarse por encima de la barandilla.

Kirill estaba al tanto de todo, incluso de lo del balcón. Y Zhenia adivinaba que él lo sabía. Pero los dos callaban. Kirill le hablaba, pero ella o no lo escuchaba o hacía ver que no escuchaba. De vez en cuando, ella decía: «Sí-no».

Violeta, la chechena, iba dos veces por semana y hacía la limpieza en silencio, sin ruidos de cepillos o trapos. Ha-

157

bía adquirido la costumbre de llevar grandes pasteles hechos en un horno milagroso. Kirill no la dejaba entrar en la habitación de Zhenia porque ella no quería que nadie la viese.

Dos veces a la semana, Kirill iba a dar un curso a la universidad y una vez al instituto. Sus estudiantes iban a verle, se encerraban en su habitación y fumaban. El resto del tiempo lo pasaba al lado de su mujer. Por la mañana la aseaba, desayunaba y comía con ella, por la tarde la transportaba de la silla a la cama y se acostaba a su lado... Ya no dormía en su despacho como venía haciendo los últimos años.

A veces Grisha pasaba a verla, a veces le traía sus hojas repletas de minúsculos puntos y comas, aquellos eran sus cuadros, con los que pasaba su vida. Era un chico especial. Aparte de esos puntos de tinta china desparramados caprichosamente por el papel no le interesaba nada. Pero ahora eso también dejaba a Zhenia indiferente.

No respondía al teléfono. En cuanto puso un pie en casa había dicho: «No». No quería hablar con nadie, no quería ver a nadie. Y poco a poco todo el mundo había dejado de llamar, solo Lilia Aptekman llamaba todas las noches, pero ya no pedía hablar con Zhenia, solo pedía que cada día le dijeran algo nuevo de su parte: que había hecho buen día, o que era una fiesta religiosa, que había tenido invitados y le habían llevado una magnífica tarta Praga que parecía un auténtico... Kirill, que nunca había visto a Lilia, se había acostumbrado ya a sus llamadas telefónicas nocturnas y esperaba que ella se repitiera, pero cada día daba pruebas de una gran inventiva...

Una vez, ya a finales de febrero, Lilia con voz lastimosa comunicó que era su cumpleaños y que tenía muchas ganas de que Zhenia la felicitase. Zhenia tomó el auricular y en un tono de voz apagado le dijo:

–Te deseo un feliz cumpleaños.

Oyó entonces al otro lado del teléfono una respiración jadeante y unos sollozos desgarradores, y entre los jadeos y los sollozos, la voz de Lilia:

–¡Zhenia! ¿Por qué me has abandonado? ¿No quieres hablar conmigo? ¡Me encuentro tan mal sin ti! Dime algo...

Zhenia sintió un frío estupor: Lilia no le preguntaba cómo se encontraba ella, y eso era bastante curioso.

–Te llamaré, Lilia. Pero hoy no.

6

Zhenia no llamó a Lilia ni al día siguiente ni al otro. Lilia esperó dos días, después telefoneó ella misma y le pidió a Kirill que le pasara con Zhenia. Él preguntó a su mujer si quería hablar. Zhenia cogió el auricular sin decir nada.

–¡Zhenia! Me han pasado tantas cosas. ¿Te las puedo contar? A nadie, excepto a ti, puedo contárselas. Si supieras, una verdadera pesadilla, no te lo puedes ni imaginar...

Y Lilia se lanzó a un doloroso relato sobre sus hijas, que le habían hecho unas cuantas... Resultó que una de sus chicas se había quedado encinta, iba a tener un bebé, y entretanto la otra había tenido una relación con aquel espantoso programador del que Irina se había quedado embarazada, y ahora la casa se había vuelto un auténtico infierno porque faltaba poco para que las hermanas llegasen a las manos. A decir verdad, ya habían llegado a las manos... Era difícil imaginar lo que iba a pasar ahora, aunque, por lo visto, peor ya no podía ir...

–Lilia, solo puedo compadecerte –suspiró Zhenia. Reflexionó un instante y añadió–: No, para ser sincera, ni siquiera puedo compadecerte. No vale la pena...

–Pero ¿qué dices? –gritó Lilia–. ¿Te has vuelto loca? Tú, la más inteligente, la más buena, ¿cómo me puedes decir eso? Bueno, de acuerdo, no me compadezco, ¡me lo merezco! Pero al menos dame un consejo.

–No sé, Lilia. No sé nada ahora. Es como si ya no existiera.

Zhenia sonrió al auricular, pero este no podía transmitir la sonrisa y, al otro lado del teléfono, Lilia se puso a gemir y a llorar a lágrima viva:

–Si tú no existes, nadie existe. ¿Así que me has mentido siempre? ¿Mentías cuando decías que era preciso que me levantara, que tenía que hacer trabajar el brazo, que tenía que aprender todo de nuevo? ¿Me lo decías por decir? ¡Y pensar que quizás yo me esforzaba solo para recibir tus elogios! ¡Tú existes! ¡Tú existes! ¡Si tú no existes, eres una mentirosa y una traidora! Zhenia, dime algo...

Las dos lloraban: una de rabia y de pena, la otra de impotencia...

Kirill estaba de pie en el umbral y se maldecía: ¿por qué le había pasado el auricular? De hecho, Zhenia le había dicho que no quería hablar con nadie. Y ahora estaba llorando. Pero de repente tuvo una iluminación: tal vez era bueno que llorase...

Zhenia cortó la comunicación. Dejó el auricular sobre las rodillas. Y por primera vez desde que había recobrado el conocimiento después de la operación hizo una pregunta:

–Dime, Kirill, ¿tenemos dinero?

Kirill no se esperaba esa pregunta. Se sentó en la cama, al lado de su silla de ruedas...

–Sí, Zhenia. Tenemos. De sobra. Tu asistente lo trae cada primero de mes. Siempre pide hablar contigo, verte... Pero tú... En resumen, te confieso que toda esa historia es un secreto para mí: dice que mientras consiga que la editorial funcione no te dejará sin dinero. Que después ya se verá... Además, a mí también me pagan algo... –dijo, esbozando una sonrisa porque su salario simbólico correspondía al respeto simbólico que el Estado sentía por los científicos que se ocupaban de las ciencias fundamentales.

–¡Caramba! –dijo Zhenia, sacudiendo la cabeza–. Es curioso...

Esa fue la primera conversación en cinco meses. Sobre dinero...

–¿Puede ser que sea una persona honrada? –sugirió Kirill en tono ingenioso.

–Tal vez. Pero en general es un fenómeno bastante raro... Seriozha es muy joven..., no debería siquiera saber eso...

–¿Tal vez sea de buena familia?

–Eso no quiere decir nada –respondió Zhenia.

Se puso a reflexionar. La llamada telefónica de Lilia y el sorprendente comportamiento de Seriozha le impedían abandonarse al entumecimiento frío de los peces que viven bajo el hielo y que tienen en el cuerpo aterido un solo deseo: aguantar hasta la primavera y zambullirse... Zambullirse desde lo alto del sexto piso para borrarlo todo, los pañales y todo lo demás... *Delete, delete, delete...*

En cuanto a Kirill, ya estaba de pie en el umbral y celebraba ese acontecimiento, reflexionando a su manera. Sobre aquella pobre estructura cristalina que había perdido su estabilidad, sobre los efectos locales, sobre la degradación y la activación de las zonas de excitación que permiten el crecimiento de un cristal... En otro tiempo él había estado muy enamorado de ella, después la había amado durante largo tiempo, más tarde se había convertido como en una parte de sí mismo, luego se había vuelto indiferente, se había alejado, acostumbrado, descubriendo más tarde que se había unido con ella en una especie de indivisible estructura común,

161

como los cristales que se compenetran entre sí, y ahora que ella quería morir, se revelaba en toda su obstinación y era justamente gracias a aquella cualidad propia de los asnos como él había aprendido a hacer todo lo que despreciaba: había abierto un libro de cocina, había leído cómo preparar el *borsch* y las gachas de trigo sarraceno, cómo freír las croquetas de carne y cocer la compota, y después había sacado las instrucciones de la lavadora y había comprendido cómo funcionaba, dónde había que meter la ropa, dónde había que verter los polvos, y solo tenía problemas con la compra, porque no había un manual para ello. Pero era Grisha quien se encargaba, mostrándose también a la altura de las circunstancias: traía en su mochila los productos para cocinar, y los dos, el marido y el hijo, estaban bastante orgullosos de su sentido práctico y de su intrepidez. Les afligía un poco no haberlo hecho antes, cuando Zhenia, alegre y con una pizca de malicia, corría frenéticamente, bromeando, soltando palabrotas, apagando sus colillas en ceniceros multicolores sembrados por todos lados. Ahora había ceniceros limpios en todos los rincones, pero ella ya no fumaba... Y no corría... Y, para continuar su vida en común, Kirill había tenido que hacerse cargo de tareas que no eran «sus cosas». Violeta, la asistenta, se limitaba a limpiar el apartamento (le incomodaba aceptar dinero, y cada vez Kirill tenía que metérselo a la fuerza entre las manos), y de todo lo demás se ocupaba ahora él personalmente, incluso había aprendido a pagar las facturas de la electricidad. Y el hecho de que Zhenia, que le daba la espalda a la vida, no pareciera darse cuenta siquiera de ello, no lo apenaba en absoluto porque cumplía con todas aquellas acciones nuevas por él, no con el objetivo de obtener reconocimiento, sino movido por un sentimiento vago de que, mientras su obstinación no decayera, Zhenia viviría. Y mientras viviera, tal vez podría repararse aquella maldita

162

fractura... Y tenía en mente no solo la columna vertebral, sino sobre todo la estructura..., la estructura..., como él la llamaba. La palabra «alma» era para él imposible de utilizar, al igual que las palabras «diferir» o «cashing».

–No estaría mal enviarle un poco de dinero a Lilia... ¿Es posible? –preguntó Zhenia después de un prolongado silencio, mientras Kirill había volado lejos con sus reflexiones sobre los cristales.

–Di cuánto y Grisha se lo llevará –respondió Kirill.

–Un billetito de cien, ¿puedes?

–¡Pan comido! –dijo, asintiendo con la cabeza.

¡Qué manera tan extraña había tenido de responder! Era Grisha quien hablaba así. Ha tomado prestada una expresión de Grisha, pensó Zhenia.

Kirill estaba sentado sobre la cama, un poco encorvado, en una posición incómoda. Ciertas venas que nunca le había visto le habían aparecido en el cuello y además un pliegue de piel que le colgaba debajo de la barbilla. Había adelgazado, eso era. Y envejecido. Pobrecito..., cómo se las arreglaba. Dios mío, lo hacía todo él, completamente solo. No era posible. No es el mismo hombre. Y pensar que los pañales de Grisha le hacían vomitar.

Lilia ahora hablaba cada día por teléfono con Zhenia, le contaba todas las peripecias de su complicada vida familiar, y de nuevo le agradecía la ayuda, y todo aquello hacía ya más de una semana que duraba, hasta que Zhenia se dio cuenta de que Lilia no le preguntaba por su salud a propósito, que no se trataba del estúpido egoísmo de una persona enferma, sino de una especie de estrategia. Y se puso a reflexionar. Aunque pensar le resultaba difícil. Se había acostumbrado tanto a ese embotamiento mental salvador gracias al cual conseguía ponerse entre paréntesis y dejar de sufrir por aquella inmovilidad humillante y por su odio a su

163

cuerpo semivivo... Bueno..., ¿y en qué consistía esa estrategia? ¿Por qué la compasiva Lilia nunca le había preguntado ni una sola vez: «Y tú, ¿cómo estás, cómo te encuentras, con tus pañales y las piernas tontas?»? Por alguna razón, le parecía una cosa importante.

«Se lo preguntaré», decidió Zhenia, ya adormeciéndose.

7

Al día siguiente era viernes: el único día de la semana que Kirill se iba a las nueve de la mañana para dar su curso. Los viernes levantaba a Zhenia temprano, a las seis y media. La llevó al cuarto de baño, como siempre. A diferencia de todos los enfermos inmovilizados, que engordan, Zhenia adelgazaba. Pero, aunque pesaba poco, Kirill se cansaba al levantarla. Para llevarla no tenía ningún problema. Era de raza campesina, fuerte, y desde niño había cargado con sacos de patatas. La fuerza de la juventud le había ya abandonado. Pero allí no era tan necesaria la fuerza como la maña.

Primero sentó a Zhenia en el inodoro, después en la bañera mientras él se afeitaba para no perder tiempo. Después llevó la silla de ruedas hasta el cuarto de baño y la cubrió con una gran sábana: todo estaba bien pensado y dispuesto. Zhenia se secaba ella misma. Luego la ayudó a ponerse una camiseta, la colocó sobre la cama, le untó crema por la espalda y en las ingles, observando la piel con atención: no había llagas. Le puso los pañales. Después desayunaron juntos. Zhenia bebió té y comió dos cucharadas de gachas. Kirill quitó la mesa. Zhenia le pidió que le trajera el teléfono. Él se lo llevó y se fue. Estaría fuera hasta la hora de comer.

Zhenia llamó a Lilia a las once. Le había llevado un buen rato acordarse de su número de teléfono. ¡Cuántas cosas se le habían ido de la cabeza! Y pensar que antes se sabía todos los teléfonos de memoria, como grabados en ella...

Lilia descolgó enseguida y se alegró:

—¡Zhenia! En todo este tiempo es la primera vez que me llamas. ¡Qué contenta estoy!

Su voz era sonora, feliz.

—Dime, Lilia, ¿por qué no me has preguntado ni una vez cómo..., cómo me encuentro?

—¡Necesito ir a verte, Zhenia! Para explicártelo todo. Déjame ir.

—¿Y cómo vendrás? ¿Volando en una escoba?

—Zhenia, ando sin bastón. Por casa, claro. Pero ahora salgo también sola a la calle. Bueno, no cojo el transporte público, por supuesto. Podría ir en taxi... Tengo que decirte algo... Pero no puedo hablar de ello por teléfono...

—De acuerdo, ven —respondió Zhenia. Y se quedó aterrorizada. Tan aterrorizada que el corazón le palpitó con fuerza—. Solo que hoy no puede ser —dijo, comenzando a levantar una muralla protectora—. Kirill no está en este momento. ¿Quién irá a abrir la puerta?

—¿Y Grisha? ¿No puede abrirme él? —gritó Lilia al auricular, y se notaba en su voz que ella iba a ir, a pie, en coche, a gatas si hacía falta...

—Duerme, tu Grisha. Lilia, ¿y si vienes mañana?

—Ni hablar. Me pongo unos pantalones y voy para allá...

Llegó dos horas más tarde. Grisha le abrió. Se oyó durante un buen rato su caminar pesado por el vestíbulo. Al final entró. Enorme, gorda. En su mano buena, al lado del vientre, tenía un ramo holandés envuelto en celofán rosa, como para una boda burguesa. Y con la mano izquierda lo sostenía.

—No lloriquees, sobre todo no lloriquees —le pidió Zhenia.

—No pienso hacerlo —respondió Lilia, frunciendo sus labios temblorosos.

Y de repente se hincó de rodillas, la cabeza contra la cama, los hombros sacudidos por convulsiones.

«¡Qué tonta, qué tonta soy! ¿Por qué le he permitido que viniera?», pensó Zhenia.

Lilia dejó de hacer temblar la cama, levantó el rostro inundado de lágrimas del ramo deshecho y dijo con decisión:

—Perdona, Zhenia. Hace seis meses que me preparo para esta conversación. Era simplemente una idea fija: no dejaba de dirigirme a ti en mis pensamientos. Bueno, escúchame bien. Esta desgracia no te ha ocurrido por casualidad. Yo soy la culpable.

—Muy bien, claro... —sonrió Zhenia—. Venga, continúa...

—Hablo en serio, Zhenia. Durante toda la vida te he envidiado. Te quería, por supuesto, pero te envidiaba aún más. ¡Y ya sabes qué energía es la envidia! Se llama mal de ojo. Tal vez es una tontería. Pero hay algo de verdad en todo eso. Cuando envidias con tanta fuerza, algo se altera en el mundo. —Movió la mano izquierda, enferma, la levantó a la altura del hombro—. Y después tuve un sueño. Dos veces. Una vez antes del 15 de octubre, la segunda vez al cabo de un mes.

«¿Qué 15 de octubre? Ah, sí, por supuesto... El billete para Frankfurt era para el 15 de octubre...»

—Imagínatelo, voy por un camino. Un camino que no tiene nada especial, todo gris, con arbustos pequeños a los lados. Y llevo a la espalda una bolsa con un peso disparatado. No es demasiado grande, pero siento que me aplasta, literalmente me aplasta... Quiero quitármela de encima, pero no puedo con una mano. Hay gente que pasa junto a mí, también ellos cargan con fardos. Les pido ayuda, pero parece que no me ven, como si fuera transparente... Y de repente te veo a ti. Caminas con las manos vacías, un vestido azul, llevas zapatos de tacón, tus zapatos elegantes, ya sabes, los azules... Me ves y, sin pensarlo, corres a mi encuentro, dices algo, ya no me acuerdo de qué, algo reconfortante. Y antes de que tenga tiempo de pedírtelo, me coges la bolsa sin esfuerzo y te la cargas a la espalda, como si nada. Parece que entre tus manos no pese. Y pienso para mis adentros: ¿por qué será? Para mí es tan pesada como un saco de piedras, si la llevas tú parece ligera. Y ya está, este es todo el sueño. Al principio no entendí nada. Después te sucedió aquello. Bueno, no te voy a contar hasta qué punto nos ha trastornado a mis hijas y a mí. Sí, sí. Ellas te quieren mucho, Zhenia. Y, por cierto, mi Friedman también. Ahora quiere volver a casa, pero ya te lo explicaré más adelante. Y bien... Ya habías recuperado el conocimiento después de la operación. En Sklifosovski conozco a una doctora, siempre le he proporcionado un montón de medicinas, y ella me llamaba cada día, me lo contaba todo en detalle, cómo te iba, lo que hacías... En resumen, diez días exactos después de tu operación vuelvo a tener este sueño: de nuevo ando por el mismo camino, de nuevo nadie me presta atención y de nuevo tú te me acercas. Pero ibas vestida de otra manera: con una especie de ropa de trabajo, una bata negra o tal vez un delantal... Y en los pies llevabas unos zapatos horribles, ni mucho menos de tu estilo. Pero tú, como si nada hubiera pasado, te acercas a mí y esta vez también me coges la bolsa y seguimos juntas caminando... ¿Me crees?

Pero Lilia no necesitaba ningún tipo de confirmación. Se afanaba a explicar la historia hasta el final... Zhenia la escuchaba esbozando una sonrisa: a pesar todo, ¡qué adorable idiota era Lilia Aptekman!

–Pues eso. Tú lo entiendes, las personas que tienen fe

creen que existe un segundo plano. Es más importante que el primero. Mucho más importante. Y me pregunté: ¿qué significará este sueño? –El rostro de Lilia adquirió una expresión grave y misteriosa–. Yo cargué mi cruz sobre ti, eso es lo que pasó. Mientras yo sigo adelante, tú te has roto. No fue el Audi rojo el que te embistió, fui yo con mis preocupaciones y mi envidia. Sí, mi envidia. Y es así literalmente: tú yaces aquí, en la cama, y yo mejoro día a día...

Lilia se puso a llorar otra vez.

–Escucha, ¡lo que dices es una tontería! ¡No llores, por el amor de Dios! Un jugador borracho sale del casino, durante la noche ha perdido una fortuna, colisiona y los airbags no le salvan la vida... ¡Y tú vienes a contarme no sé qué historia de un sueño! –Zhenia le acaricia la cabeza–. Voy a decirle a Grisha que ponga las flores en un jarrón.

Lilia se puso de pie con dificultad apoyándose en la cama con el brazo sano.

–Esto es lo que más miedo me daba –dijo con tristeza–. Eres tan inteligente y no comprendes las cosas simples...

Lilia se quedó hasta que llegó Kirill, sin dejar de culparse y arrepentirse. Repitió varias veces el sueño, después le dijo con énfasis a Zhenia:

–Ya sabes, está escrito: «Toma tu cruz y sígueme». No dice «Toma una cruz», ni «Toma la cruz de otro». Dice: «Toma tu cruz...». Pero en cambio yo no hacía más que descargar la mía sobre los otros: me quejaba a todo el mundo, aceptaba ayuda y compasión de todos... Sobre todo la descargaba sobre ti. Y eso es lo que te ha destrozado la espalda. Eso es lo que ha pasado. ¡Y ahora rezo por que todo se arregle! ¡Para que vuelvas a ponerte en pie!

–¡Déjalo, Lilia, venga! Yo también he leído el libro que citas, ahí se dicen tantas cosas. También está escrito:

«Cargad los pesos los unos de los otros». ¿O es que no he entendido bien alguna cosa? –le replicó Zhenia, pagándole con la misma moneda.

Lilia comenzó a agitar las manos, una hacía movimientos rápidos y amplios, la otra visiblemente quedaba atrás, pero participaba en la gesticulación.

Llegó Kirill, les sirvió la comida. Comieron en la cocina, todos juntos.

–¡Qué bien cocinas, Zhenia! –la elogió Lilia.

–¿Yo? Es Kirill quien ha cocinado –respondió Zhenia.

Kirill sonrió. Ahora se conformaba con poco: solo con un cumplido...

Lilia se quedó hasta la noche, y cuando se fue, Zhenia le contó a Kirill la versión de los hechos de su amiga. Kirill reflexionó un poco, le aplicó su personal concepción estructural del mundo y sacudió la cabeza: no, no lo creía. Así no funcionan las cosas.

A las once llamó por teléfono Iliásov, el médico azerbaiyano. El que había visitado a Zhenia en el hospital y le había prometido operarla cuando todas las fracturas se hubieran curado. Ya había ido otra vez a casa para verla, al poco de que le dieran el alta del hospital, pero a Zhenia le había quedado un vago recuerdo de aquella visita.

Volvió al día siguiente. Zhenia se quedó impresionada por su cara sombría y enjuta, y por el reflejo negro de sus ojos. Era evidente que él también padecía alguna enfermedad. Palpó mucho rato la espalda de Zhenia, le pasó la mano por encima, de improviso y causándole dolor la había presionado con los dedos, y cuando Zhenia lanzó un grito, se rió débilmente y le pidió a Kirill una aguja. Encendió una cerilla, metió la punta en la llama diminuta y todavía pinchó durante un buen rato la espalda de Zhenia, las piernas...

169

Después clavó la aguja en la agenda de Kirill que reposaba sobre la mesa, le dio una prisa repentina y, ya dirigiéndose a la puerta, dijo:

–Vengan a la clínica el próximo martes a las nueve de la mañana. Probablemente la operaré el miércoles. Con anestesia local. Prepárese para sufrir un poco. Y traigan seiscientos dólares. El resto será en función de los resultados.

–¿Hay esperanza de que vuelva a andar? –le preguntó Kirill ya en el pasillo.

Iliásov le echó una ojeada sospechosa a Kirill, dubitativa: ¿valía la pena entrar en detalles? Luego sacó del bolsillo un bloc de notas y, allí mismo, en el vestíbulo, se puso a dibujar para Kirill una vértebra, después añadió otra... Dibujaba bien, haciendo sinuosidades angulosas, pero parecía increíble que aquellas complicadas ruecas se encontraran de verdad allí, en el interior... El doctor Iliásov apoyó el bolígrafo negro en los pequeños orificios que había dibujado y a partir de allí trazó unas líneas armoniosas, un par de nervios medulares... Acto seguido dibujó una pequeña pastilla, la sombreó finamente y clavó dentro la punta del bolígrafo:

–Aquí lo tiene. Creo que aquí se ha acumulado líquido raquídeo, se ha endurecido y oprime los nervios. Tengo la impresión de que no están completamente atrofiados. Intentaremos extraerlo. Y luego ya veremos...

Violeta se asomó desde la cocina con un trapo en la mano, saludó al médico con una reverencia. El otro respondió asintiendo. No estaba claro si se conocían...

Cuando Iliásov se hubo marchado, Violeta se acercó a Kirill y le dijo:

–Kirill Vasílievich, conozco al doctor Iliásov. Cuida de nuestros niños en su clínica. Conozco a otras dos familias en la misma situación: una es paisana nuestra, de Grozni, tienen un hijo de diez años con las piernas mutiladas. Él le

170

ha hecho las prótesis. No acepta dinero, incluso da el suyo... Es nuestro santo.

—¿De verdad? —se asombró Kirill. Nunca había tenido la oportunidad de toparse con un santo.

8

La operación fue extremadamente dolorosa, pero Zhenia la soportó, solo de vez en cuando gemía. Se prolongó durante una eternidad y pensaba solo en una cosa: que en primavera la llevarían al balcón y cuánto gozaría en el momento en que se lanzara por encima de la barandilla... Después oyó la voz de Iliásov.

—¿Me oyes, Zhenia? Ahora vas a gritar un poco, ¿de acuerdo? Si te duele mucho, grita muy fuerte. Si no te duele tanto, grita menos fuerte. ¿Entendido?

Y Zhenia gritó con todas sus fuerzas. Gritó hasta que el dolor fue tan desgarrador que le faltó la voz.

—¡Ah! ¡Muy bien! —Oyó la voz de Iliásov y al fin perdió el conocimiento.

Los dolores no desaparecieron hasta el tercer día, la espalda le hacía daño como si en la columna vertebral le hubiesen introducido una barra incandescente. Iliásov pasaba a verla todas las mañanas, la examinaba y repetía:

—¡Bien! ¡Bien!

Normalmente Kirill estaba ya en la habitación. Después salía detrás de Iliásov y le preguntaba:

—¿Qué es lo que va bien, doctor?

Le guiñaba el ojo: andará, andará...

Durante la segunda semana, comenzó a venir un masajista. También él era oriental, pero parecía más bien indio... Zhenia estaba tumbada boca abajo, nunca la giraban sobre la espalda; en cuanto al indio, resultó que era un tayiko de nombre Bairam. Aquel sitio era cuando menos extraño, pensó Kirill para sus adentros, pero no dijo nada a Zhenia. Bairam le frotaba mucho tiempo las piernas y le aplicaba velas ardientes.

Al cabo de una semana, le dieron la vuelta y le prohibieron que se sentara. Y una semana más tarde Iliásov, metiéndole las manos bajo las axilas, la levantó. Zhenia estaba de pie, las piernas la sostenían.

Estuvo erguida un minuto, después la volvió a coger y la tumbó:

—No debes sentarte, ¿entendido? Durante tres meses no debes sentarte. Puedes caminar, pero no sentarte.

Al día siguiente le pidió a Kirill que le llevara tres mil dólares más. Bairam cobraba aparte. Él mismo diría la cantidad. Era bastante, tratándose de un santo, pensó Kirill. Dinero tenía, se lo había enviado Sasha de África.

Bairam iba todos los días. A veces trabajaba durante dos horas, y era imposible apartar la mirada de sus gestos regulares. Zhenia gemía. Era doloroso. Después, a finales de semana, Bairam le pidió a Kirill que le llevara ochocientos dólares. Vaya con los santos, costaban un ojo de la cara...

Zhenia se animó un poco. Una enfermera le llevó un andador. Cada día pasaba más rato de pie. Después se acostaba, empapada de sudor por el esfuerzo, y Kirill le frotaba los dedos de los pies hasta que se los calentaba con sus propias manos...

Un mes después, Zhenia salía de la habitación al pasillo deslizándose paso a paso con el andador, y no con la silla de ruedas que todavía no le permitían utilizar. Lo primero que vio en el pasillo fue dos niños peleándose: uno, sin piernas, estaba sentado en una silla de ruedas y le pegaba hábilmente con sus largos brazos al otro, que se sostenía de pie con unas muletas. Le faltaba el brazo izquierdo hasta el codo y la pierna derecha hasta la rodilla. El que iba sentado en la silla de ruedas tenía claramente ventaja.

«Minas antipersonas», intuyó Zhenia.

–¡Eh, ahora llamo a Iliásov y os dará una buena tunda! –gritó la enfermera desde su puesto. Con destreza, la silla de ruedas dio media vuelta y se alejó...

Zhenia sintió que le faltaba el aliento, pero no logró volverse por sí sola.

–Kirill, ayúdame a volver a la habitación –le pidió, y Kirill con cuidado le giró el andador.

9

A finales de mayo Hava Ivanona volvió de Jerusalén. Había pasado siete meses allí, estudiando en una universidad judía.

La visitó. Guapa y envejecida. En la cabeza llevaba una especie de turbante plateado y un vestido largo claro que se movía elegantemente alrededor de su cuerpo adelgazado.

Estaban en el balcón. Zhenia apoyaba los codos en el andador. Podía dar sola algunos pasos, pero con el andador se sentía más segura.

Hava estaba extraordinariamente silenciosa, así que Zhenia le hizo una pregunta:

–Bueno, ¿qué has estudiado allí?

–El hebreo y la Torá –respondió Hava, con reserva.

–¿Y qué? ¿Los has aprendido?

–Es difícil –contestó Hava–. Cuantas más respuestas tienes, más preguntas te surgen.

173

Los árboles llegaban hasta la altura del cuarto piso y desde el balcón se veían las copas rizadas de dos fresnos y a duras penas se entreveía el suelo debajo. Zhenia ya no tenía ganas de tirarse por la ventana...

–Zhenia, he decidido poner fin a mis estudios. Por lo visto, no he empezado en el momento adecuado. Tengo ganas de abandonarlo todo y comenzar una nueva vida.

–Lo comprendo –aprobó Zhenia.

Después bebieron té. Luego Hava la hizo sentarse en la silla, llenó un cubo de agua caliente y sumergió dentro los pies delgados de Zhenia. Le cortó las uñas, le frotó los talones con piedra pómez. Encontró una vieja cuchilla y le afeitó los pelos largos y ralos de las piernas. Se las secó y se las untó con crema. Todo en silencio.

Después, sin levantar la cabeza, le dijo con mucha serenidad:

–¡Cuánta escoria tiene uno en el interior! Pero yo me estoy liberando un poco: toda la vida he sufrido por el amor que Kostia sentía por ti... Nunca dejó de amarte, tú lo sabes.

–¡Qué tontería! Todo eso fue en una vida pasada, ahora hemos vuelto a comenzar de cero. ¿Y tu Torá qué dice al respecto?

–«Te doy gracias, Rey vivo y existente, porque me has devuelto el alma con piedad.» Es la oración de la mañana, Zhenia. En hebreo es muy hermoso.

Y Hava pronunció una larga frase gutural.

«Tengo que decirle a Seriozha que me traiga esos dos manuscritos –pensó Zhenia–. Ya que ha decidido publicarlos..., pero no será capaz de hacer las correcciones por sí solo. Y tengo que pedirle a Sasha que le compre unos pantalones nuevos a Kirill. Unos azules y otros negros. Dos pares. Y responder esa carta... Y por último escribir las tareas en la agenda...»

174

ÍNDICE